KB040324

플랫랜드
여러 차원들에 대한 이야기

돋을새김 푸른책장 시리즈 **033**

플랫랜드 여러 차원들에 대한 이야기

초판 발행 2021년 12월 10일

지은이 | 에드윈 A. 애벗
옮긴이 | 권혁
발행인 | 권오현

펴낸곳 | 돋을새김
주소 | 경기도 고양시 일산동구 하늘마을로 57-9 301호 (중산동, K시티빌딩)
전화 | 031-977-1854 팩스 | 031-976-1856
홈페이지 | http://blog.naver.com/doduls 전자우편 | doduls@naver.com
등록 | 1997.12.15. 제300-1997-140호
인쇄 | 금강인쇄(주)(031-943-0082)

ISBN 978-89-6167-309-9 (03840)
Korean Translation Copyright ⓒ 2021, 권혁

값 12,000원

*잘못된 책은 구입하신 서점에서 바꿔드립니다.
*이 책의 출판권은 도서출판 돋을새김에 있습니다. 돋을새김의 서면 승인 없는
무단 전재 및 복제를 금합니다.

돋을새김
푸른책장
시 리 즈
0 3 3

플랫랜드
여러 차원들에 대한 이야기

에드윈 A. 애벗 지음 | **권혁** 옮김

돋을새김

차례

제2부 다른 세상들

"이런 이런, 얼마나 필사적으로 나의 이야기를 다듬으려고 했던가!"

공간에 사는 주민들 모두와

특히, H. C.에게 이 작품을 바친다.

비록 3차원의 불가사의 속으로 입문했지만

그 전에는 오직 2차원만 알고 지내던

어느 미천한 플랫랜드의 주민이 그랬듯이

거룩한 지역의 시민들도

4차원, 5차원 심지어 6차원의 비밀을 향해

더욱 더 높은 세상을 열망하게 되기를

희망하며.

그리하여 입체 인류의 우수한 종족들 사이에

상상력을 확장시키고

겸손이라는 무척이나 희귀하고 뛰어난 재능을

발달시키는데 공헌하기를.

개정판 서문*

플랫랜드의 불쌍한 나의 친구가 이 회고록을 쓰기 시작했을 때처럼 강한 정신력을 유지하고 있었다면, 내가 그를 대신하여 이 서문을 쓸 필요는 없었을 것이다. 그는 우선 서문을 통해 의외로 빨리 이 책의 재판이 나올 수 있도록 관심을 보여준 독자와 비평가들에게 고마움을 전하고 싶어 했다. 두 번째로는 (비록 모두 그의 책임은 아니지만) 몇 가지 실수들과 오자에 대해 사과하려 했으며, 세 번째로는 한두 가지 오해에 대해서도 설명하기를 원했었다. 하지만 그는 이제 과거의 그 사각형이 아니다.

그는 수년 동안의 수감생활과 세간에 널리 퍼져 있는 불신과

*역자주 1884년 개정판에 추가한 서문이다. 초판의 내용에 대한 비평가들의 반론들을 소개하고 그에 대한 저자의 해명을 담고 있다. 그러므로 독자들은 본문을 먼저 읽은 다음에 읽기를 권한다.

조롱으로 여전히 정신적인 고통을 겪고 있다. 게다가 노년의 자연스러운 노화가 더해져 많은 생각과 개념들 그리고 스페이스랜드에 잠시 머물며 익혔던 용어도 대부분 그의 머릿속에서 사라졌다. 그래서 그는 두 가지 특별한 반론들에 대해 자신을 대신해 답변해주기를 내게 요청했던 것이다. 그 중 한 가지는 지적인 성격의 반론이며, 다른 한 가지는 도덕적 성격의 반론이다.

첫 번째 반론은, 플랫랜드의 주민은 선을 보면서 반드시 길이는 물론 두께도 보게 된다는 것이었다. (만약 일정한 두께가 없다면, 보이지 않을 것이다.) 따라서 자기 동포들에게 길이와 너비뿐만이 아니라 (비록 매우 미미한 정도인 것은 확실하지만) 두께 즉 높이도 있다는 것을 인정해야만 한다는 주장이었다. 타당성이 있는 이 반론은 스페이스랜드의 주민들에게는 거의 부정할 수 없는 것이었다. 그래서 처음 그 말을 들었을 때 솔직히 나는 어떤 답변을 내놓아야 할지 알 수 없었다. 하지만 가련한 나의 친구가 내놓은 답변이 내게는 완벽한 것으로 보인다.

내가 이 반론을 전했을 때, 그는 이렇게 말했다.
맞는 말이지. 그 비평가가 말하는 사실들이 진실이라는 건 인정하네. 하지만 결론은 인정하고 싶지 않군. 플랫랜드에 '높이'라고 부르는 인식되지 않는 3차원이 있다는 것은 사실이야. 그건 당신들의 스페이스랜드에도 실제로 인식되지 않는 4차원이 있다는 것이 사실인 것과 마찬가지의 일이거든. 현재로선 아무런 명칭도 없지만, 나는 그것을 '특별한 높이'라고 부를 것이네. 하지만 우리가 '높이'를 인식하지 못하는 것은 여러분이 '특별한 높이'를 인식하지 못하는 것과 다를 바가 없는 일이잖아. 심지어는 나도, 스페이스랜드에 있었으며, 24시간 동안 '높이'의 의미를 이해하는 특권을 누렸던, 그런 나마저도 지금은 그것을 이해할 수도 없고 시각으로나 그 어떤 이성의 작용으로도 인식하지도 못하거든. 나는 그것을 단지 믿음으로 이해할 수 있을 뿐이지.

그 이유는 명확하네. 차원은 방향을 의미하고, 측정을 의미하고, 그 이상과 그 이하를 의미하거든. 자, 우리들의 선은 모두 동등하면서 극히 미세한 두께를 갖고 있지(또는 높이라고 해도 좋고). 따라서 선에는 우리의 정신을 차원이라는 개념으로 안내해주는 것이 전혀 없는 거지. 지나치게 성급한 스페이스랜드의 어떤 비평가가 제시했던 것과 같은 '정밀한 마이크로미터(측미계, 測微計)'도 우리에겐 아무런 소용이 없거든. 우리는 무엇을 측정해야 하는지도 모르고, 어떤 방향으로 측정해야 하는지도 모르기 때문이지. 선 하나를 볼 때, 우리는 길면서 밝은 어떤 것을 보게 되거든. 길이와 마찬가지로 밝기는 선의 존재에 필수적인 것이어서, 만약 밝기가 사라진다면 그 선은 소멸된 것이지.

그래서 플랫랜드의 내 친구들에게 선에서 어느 정도는 보이지만 인식하지 못한 차원에 대한 이야기를 해주면, 모두들 이렇게 말하더군. '아, 밝기를 말하는 것이로군.' 그래서 내가, '아니야, 진정한 차원을 말하는 거야.'라고 대답하면, 그들은 즉시 이렇게 반박하거든. '그렇다면 그걸 측정해봐. 아니면 어느 방향으로 확장되는 것인지 말해 보던가.' 그것을 둘 다 할 수 없기 때문에, 나는 아무 말도 못하게 되지.

어제만 해도 우두머리 동그라미가(다른 말로 하면 우리들의 고위성직자가) 주립교도소를 시찰하러 왔다가, 나와 일곱 번째로 연례적인 면담을 하면서 일곱 번째로 똑같은 질문을 하더군.

"그래, 내가 좀 더 나아진 것 같소?"

비록 그는 모르고 있지만, 나는 그에게 길이와 너비는 물론 '높이'가 있다는 것을 입증하려고 했지만, 그의 대답은 무엇이었을까?

"당신은 내가 '높다'고 하니, 나의 '높이'를 측정해 보시오. 그러면 당신을 믿겠소."라고 하더군. 내가 무엇을 할 수 있었을까? 그의 도발에 어떻게 맞설 수 있었을까? 나는 무참하게 무너졌고, 그는 의기양양하게 그 방을 떠났지.

이런 일이 당신에겐 여전히 생소한가? 그렇다면 당신이 이와 비슷한 입장에 있다고 생각해보게. 4차원에 있는 어떤 사람이 당신을 정중하게 방문해서 이렇게 말하는 거야.

'눈을 뜰 때마다 당신은 하나의 평면(2차원)을 보고서 입체(3차원)를 추론합니다. 하지만 실제로는 4차원도(비록 인식하지는 못하지만) 보고 있는 것입니다. 4차원은 색깔이나 밝기도 아니며 그런 종류의 그 어떤 것도 아닙니다. 하지만 비록 내가 당신에게 그것의 방향을 가리킬 수도 없고, 당신이 측정할 수도 없지만 진정한 차원이지요.'

그런 방문자에게 당신은 어떤 말을 하게 될까? 그를 가둬버리지 않을까? 자, 그것이 나의 운명이오. 우리 플랫랜드의 사람들이 3차원을 설교하는 사각형을 가둬버리는 것은 당연한 일이오. 마찬가지로 스페이스랜드의 여러분이 4차원을 설교하는 입방체를 가둬버리는 것도 당연한 일이고. 아아, 이렇게 모든 차원에서 인간애를 박해하고 있는 거요. 그런 혈족과 같은 유사성이 시종일관 얼마나 강하게, 얼마나 맹목적으로 이루어지고 있는지! 점, 선, 사각형, 입방체, 초입방체인 우리 모두는 똑같은 오류를 저지르기 쉬워요. 모두 다 각각의 차원이 간직하고 있는 편견의 노예들인 거요. 어느 스페이스랜드의 시인이 말했던 것처럼, '자연의 손길 한 번으로 세상은 모두 유사해'지는 것이지. (저자주 : 저자는 이

12

문제에 대한 일부 비평가들의 오해로 인해 구와 대화를 나누는 부분에 몇 가지 언급을 추가했음을 밝혀달라고 했다. 문제의 그 부분은 그가 지루하고 불필요하다고 생각해 이전 판본에서는 누락시켰던 내용이었다.)

내게는 이 문제에 대한 사각형의 답변이 확고부동한 것으로 보인다. (도덕적인 성격의) 두 번째 반론에 대한 그의 답변도 마찬가지로 명확하고 설득력이 있다고 말할 수 있다면 좋겠다. 두 번째 반론은 그가 여성혐오자라는 것이었다. 그리고 이 반론은 자연의 섭리에 따라 스페이스랜드 인구의 반을 넘는 사람들이 격렬하게 주장했던 것이므로, 내가 할 수만 있다면 그런 오해에서 벗어나도록 해주고 싶다. 하지만 사각형은 스페이스랜드에서 사용하는 도덕적인 용어에 전혀 익숙하지 않다. 그러므로 내가 이 비난에 대한 그의 변론을 글자 그대로 옮긴다면 그에게 불공정한 일을 하게 되는 것이다.

그러므로 그의 말을 판단하고 요약해 전달하는 사람으로서, 7년간의 수감생활을 하는 동안 여성들과 이등변삼각형 또는 하층 계급에 대한 그의 개인적인 견해들이 변해왔다고 추측한다. 개인적으로 그는 지금 여러 가지 중요한 면에서 직선들이 동그라미보다 더 우수하다는 구의 견해에 가까워져 있다. 하지만 역사가로서 집필하면서, 그는 자신의 견해를 플랫랜드의 역사가들이 일반적으로 받아들이는 견해에 (아마도 매우 근접하게) 일치시켰으며, 심지어 (그가 알고 있는) 스페이스랜드의 역사가들의 견해와도 일치시켰다. 그리고 (아주 최근까지도) 그 역사가들은 여성과 인류 대중의 운명은 언급할 가치가 거의 없다고 간주해왔으며, 신중하게 고려할 가치도 없는 것으로 기록해 왔다.

한층 더 모호한 구절 속에서 그는 이제 일부 비평가들이 자연스럽게 자신이 갖고 있을 것이라 생각했던 동그라미적 성향 즉, 귀족적 성향을 부인하려고 한다. 그는 수세대에 걸쳐 무수한 동포들에 대한 지배권을 유지해온 소수 동그라미들의 지적 능력에 대해서는 정당한 평가를 내린다. 하지만 굳이 자신이 밝히지 않더라도 플랫랜드의 현실은 저절로 드러날 것이라고 믿는다. 즉, 혁명들이 언제나 살육으로 진압될 수 있는 것은 아니며, 자연은 동그라미들에게 자손을 낳지 못하도록 선고하는 것으로 그들에게 궁극적인 실패를 판결한 것이라고 단언한다. 그는 이렇게 말한다. "바로 여기에서, 나는 모든 세상의 위대한 법칙이 실현되고 있는 것을 본다. 인간의 지혜는 그 법칙이 한 가지 일에 작용한다고 생각한다. 반면에 자연의 지혜는 그 법칙이 전혀 다르고 훨씬 더 훌륭한 다른 것에서 작용하도록 만든다."

나머지 문제들에 대해서도 그는 독자들에게 플랫랜드의 일상
생활에서 일어나는 세부적인 일들이 모두 스페이스랜드의 세부
적인 일들과 일치해야 할 필요가 있다고 생각하지는 말아달라고
부탁한다. 하지만 전체적으로 보아 자신의 작품이 온건하고 조
심성 있는 스페이스랜드의 사람들에게는 재미만큼이나 생각해
볼 것들을 제공했기를 기대한다. 온건하고 조심성 있는 사람들은
무척이나 중요하지만 경험해보지 못한 일에 대해 말할 때, '절대
그럴 수는 없어'라고 하거나, '틀림없이 그래야만 해. 우린 그것
에 대해 전부 다 알고 있어'라고 말하기를 꺼려하는 사람들이다.

제1부 플랫랜드

"이 세상은 넓고도 넓으니 조급해 하지 마시오."

1

플랫랜드의 본질에 대하여

내가 우리 세계를 플랫랜드(Flatland)라고 부르는 것은, 실제로 우리가 그렇게 부르고 있기 때문이 아니다. 다만 공간(Space)에 사는 특권을 누리고 있는 행복한 독자 여러분에게 이곳의 본질을 보다 더 명확하게 알려주기 위한 것이다.

아주 널찍한 종이 한 장이 있다고 상상해보자. 그 종이 위에서 직선, 삼각형, 사각형, 오각형, 육각형 등 여러 도형들이 각자의 위치에 고정되어 있는 대신 그 표면 위 또는 그 안에서 자유롭게 이리저리 움직이고 있다. 하지만 도형들은 그림자와 비슷해서 종이 위로 솟아오르거나 아래로 내려갈 힘이 없다. 단지 단단하고 빛을 내는 테두리가 있을 뿐이다.

이렇게 상상해본다면 여러분은 내가 살고 있는 나라와 그곳 사람들에 대해 비교적 정확하게 알게 될 것이다. 안타깝게도, 몇 년 전이라면 이것을 '나의 우주'라고 표현했겠지만, 지금의 나는 세상에 대해 보다 높은 수준의 견해를 갖게 되었다.

그런 나라에는 여러분이 '입체(역자주:立體: 삼차원의 공간에서 평면 혹은 곡면의 경계로 둘러싸인 부피를 갖는 부분)'라고 부르는 것이 존재할 수 없다는 것을 금세 알아차릴 것이다. 하지만 여러분은 앞에서 설명했던 이리저리 움직이는 삼각형과 사각형을 비롯한 도형들을 우리가 적어도 시각으로는 구별할 수 있을 것이라고 생각하게 될 것이 분명하다. 하지만 전혀 그렇지 않다. 우리는 그 도형들을 전혀 볼 수 없으며, 하나의 도형을 다른 도형과 구별조차 하지 못한다. 우리 눈에는 직선 외에는 아무것도 보이지 않으며 볼 수도 없다. 그럴 수밖에 없다는 것을 즉시 설명해보기로 하자.

공간에 놓여 있는 식탁 한가운데에 동전을 올려놓고, 그 위로 상체를 구부려 내려다보도록 하자. 그러면 동전은 원으로 보일 것이다.

이제, 식탁의 가장자리로 물러나면서 눈높이를 서서히 낮추게 되면(그렇게 해서 여러분은 점점 더 플랫랜드 주민들과 비슷한 조건 속으로 들어서게 된다) 그 동전이 점점 더 타원형으로 보이게 된다는 것을 알게 된다. 그리고 마침내 여러분의 눈을 정확하게 식탁의 가장자리에 위치시키면 (그렇게 해서 여러분은 실제로 플랫랜드의 시민이 되는 것이다) 동전은 더 이상 타원형으로도 보이지 않게 되며, 여러분이 볼 수 있는 한 직선으로 변해 있을 것이다.

두꺼운 종이에서 오려낸 삼각형이나 사각형 또는 그 밖의 어떤 도형이든 동일한 방법을 적용해보면 똑같은 일이 일어나게 된다. 식탁의 가장자리에서 보면 그것들은 더 이상 도형이 아닌 직선으로 보이게 된다는 것을 알게 된다.

우리나라에서 존경받는 상인을 나타내는 정삼각형을 예로 들어보자. (그림 1)은 여러분이 상체를 구부려 위에서 내려다볼 때의 상인이다. (그림 2)와 (그림 3)은 여러분의 눈이 식탁의 수평면에 가까워졌을 때와 수평면에 있을 때 보게 되는 상인이다. 눈이 정확히 식탁과 수평면에 있게 되면(이것이 우리가 플랫랜드에서 보는 그의 모습이다) 여러분은 직선만 보게 된다.

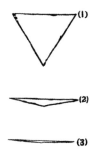

내가 스페이스랜드(Spaceland)에 있을 때, 그곳의 바다를 항해하던 뱃사람들이 수평선 위에서 멀리 떨어진 섬이나 해안을 발견할 때 이것과 매우 비슷한 경험을 하게 된다는 이야기를 들었다. 멀리 떨어진 육지에는 구불구불하게 튀어나오고 움푹 들어간 만과 곶들이 어느 정도 넓게 펼쳐져 있지만, 아주 멀리 떨어진 곳에서는 이런 세부적인 것들을 보지 못한다. (태양이 그 위를 밝게 비추어 빛과 그림자에 의해 돌출된 곳과 물러나 있는 곳을 노출시키지 않는다면) 단지 물 위에 있는 끊어지지 않은 회색 선만을 보게 된다.

바로 그것이 여기 플랫랜드에서 삼각형이나 그 밖의 다른 지인들이 우리에게 다가올 때 보게 되는 모습이다. 우리에게는 태양도 없으며, 그림자를 만들어내는 빛도 전혀 없다. 그래서 여러분이 스페이스랜드에서 보는 것과 같은 풍경을 볼 수 있도록 도와주는 것이 전혀 없다. 친구가 가까이 다가오면 그의 윤곽이 점점 커지고, 우리 곁을 떠나면 점점 작아지는 것을 보게 되지만 줄곧 직선처럼 보일 뿐이다. 삼각형이나 사각형, 오각형, 육각형, 동그라미 등 어떤 것이든 직선으로만 보일 뿐이다.

어쩌면 여러분은 이런 불편한 환경 속에서 우리가 어떻게 친구를 다른 사람들과 구별하는지 궁금할 것이다. 하지만 이 지극히 자연스러운 질문에 대한 대답은 플랫랜드의 주민들에 대해 설명해주면 좀 더 적절하고도 쉽게 얻게 될 것이다. 지금은 이 문제를 잠시 뒤로 미루고 우리나라의 날씨와 집들에 대해 한두 가지 이야기를 더 해보기로 하자.

2

플랫랜드의 날씨와 집들

여러분과 마찬가지로 우리에게도 나침반의 네 가지 방향인 동서남북이 있다.

우리에겐 태양도 없고 그 밖의 다른 천체들도 없다. 그래서 일반적인 방법으로는 북쪽을 정하는 것이 불가능하지만 우리들만의 독특한 방법은 있다. 자연법칙에 따라 우리나라에서는 지속적으로 남쪽으로 끌어당기는 힘이 작용한다. 비록 온화한 기후에서는 그 힘이 매우 약하지만 — 그래서 건강한 여성이 북쪽으로 200미터쯤 여행하는 데에는 별다른 어려움이 없다 — 남쪽으로 끌어당기는 힘의 방해효과는 우리 땅 대부분의 지역에서 나침반의 역할을 하기에 충분하다. 게다가 비가 언제나 북쪽에서부터

(일정한 주기로) 내리는 것이 추가적인 도움이 된다. 또한 도시에서는 집들을 보고 방향을 확인할 수 있다. 당연하게도 집의 측면 벽들은 북쪽과 남쪽을 향하고 있어, 지붕이 북쪽에서부터 내리는 비를 막도록 지어져 있다. 집들이 전혀 없는 시골에서는 나무의 줄기들이 방향을 안내하는 역할을 한다. 여러분이 생각하는 것과는 달리 대체로 방위를 결정하는데 큰 어려움을 겪지는 않는다.

그러나 남쪽으로 끌어당기는 힘을 거의 느끼지 못하는 기후가 온화한 지역에서 길잡이가 될 만한 집이나 나무들이 전혀 없는 황량한 평야를 걸어가야 한다면, 몇 시간 동안 멈춰 서서 비가 올 때까지 기다려야만 한다. 끌어당기는 힘은 건장한 남성보다 노약자들 그리고 특히 연약한 여성들에게 훨씬 더 크게 작용한다. 그래서 거리에서 여성과 마주치게 되면 언제나 길의 북쪽 편을 양보하는 것이 교양이 있는 태도이다. 하지만 여러분이 아주 건강하지만 남과 북을 판단하기 어려운 지방에 있을 때, 언제나 순간적으로 길을 양보한다는 것은 전혀 쉬운 일이 아니다.

우리나라의 집에는 창문이 없다. 밤이든 낮이든, 집안이든 집밖이든, 빛은 언제 어디서나 똑같이 비추기 때문에 우리는 빛이 어디에서 오는지를 모른다. '빛은 어디에서 시작되는 것일까?' 이것은 우리 학자들이 오래 전부터 호기심을 갖고 빈번히 연구해온 문제였다. 이 문제를 풀기 위해 줄기차게 시도했지만 아무런 결과도 얻지 못했다. 문제를 풀고 싶었던 사람들로 정신병동만 붐비게 되었을 뿐이었다. (역자주: 역사적으로 빛에 대한 연구는 갈릴레오 갈릴레이, 케플러, 아이작 뉴턴과 같은 16~17세기의 과학자들에 의해 성과가 나타났다. 뉴턴은 프리즘 실험을 통해 백색광을 여러 가지 색으로 나누는 데 성공하며, 이 색깔의 빛을 모으면 백색광이 된다는 것을 증명했다.)

그로 인해 엄청난 세금을 부과하여 그런 연구를 간접적으로 억누르려고 했지만 아무런 효과도 거둘 수 없었다. 그래서 입법부는 비교적 최근에 엄격하게 금지시켜 버렸다. 안타깝게도 지금 플랫랜드에서는 오직 나 혼자만이 이 불가사의한 문제의 해답을 너무나도 정확하게 알고 있다. 하지만 내가 알고 있는 지식을 우리나라의 그 어느 누구에게도 이해시킬 수가 없었다. 그래서 나는 지금 조롱을 당하고 있다. 우리나라에서 유일하게 공간의 진실과 3차원 세계로부터 빛이 유입되는 원리를 알고 있는 내가 마치 세상에서 가장 끔찍한 미치광이인 것처럼 조롱을 받고 있는 것이다. 하지만 이 애처로운 곁가지 이야기는 잠시 멈추고, 우리들의 집 이야기로 다시 돌아가기로 하자.

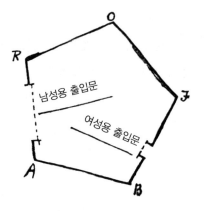

위의 그림에서처럼 우리나라에서 가장 일반적인 집의 구조는 다섯 개의 변 또는 오각형으로 되어 있다. 북쪽에 있는 두 개의 변인 'RO'와 'OF'는 지붕이며 대부분의 경우 문은 만들지 않는다. 동쪽에는 여성들을 위한 작은 출입문이 있다. 서쪽에는 남성들을 위한 훨씬 더 큰 출입문이 있다. 남쪽 변 또는 바닥에는 일반적으로 출입문이 없다.

집을 삼각형이나 사각형으로 짓는 것은 허용되지 않는다. 그 이유는 다음과 같다. 사각형의 모서리는 오각형보다 훨씬 더 뾰족하며(정삼각형의 모서리는 더욱 뾰족하다) 집과 같은 무생물체의 선은 남성과 여성의 선보다 더 흐릿하다. 그래서 경솔한 사람이거나 잠시 다른 것에 정신이 팔린 여행자가 삼각형이나 사각형 집의 뾰족한 모서리에 느닷없이 부딪쳐 심각한 부상을 입지 않을까 하는 적지 않은 위험이 따르게 된다. 그래서 우리 연대의 11세기에 이미 삼각형 주택은 법으로 모두 금지되었다. 일반 대중이 세심한 주의 없이 접근해서는 안 되는 요새와 화약고, 병영 등과 같은 국가의 건물만은 예외로 했다.

비록 특별세로 억제했지만 이 시기에는 여전히 모든 곳에서 사각형 주택이 허가되고 있었다. 하지만 대략 3세기가 지난 후, 인구 만 명 이상의 모든 도시에서는 오각형을 대중의 안전과 관련하여 일관성 있게 허용될 수 있는 최소한의 주택 각도로서 법으로 규정했다. 지역사회의 양식 있는 사람들이 이런 입법부의 노력을 지지했으며, 지금은 시골에서도 오각형 건축물이 다른 모든 건물들을 대체했다. 외따로 떨어진 낙후된 일부 농촌 지역에서만 이따금씩 골동품 연구자들이 여전히 사각형 주택을 발견할 수 있는 정도가 되었다.

3

플랫랜드의 주민들

플랫랜드에 거주하는 성인의 최대 길이 또는 너비는 여러분의 단위로 보자면 약 11인치 정도가 될 것이다. 아마 12인치가 최대치일 것이다.

우리의 여성들은 직선이다.

군인과 최하층 계급인 노동자는 각각 약 11인치 길이로 두 개의 변이 동일한 삼각형이다. 그들은 밑변 또는 세 번째 변은 무척 짧아서(종종 0.5인치를 넘지 않는다) 매우 날카롭고 무서운 각도의 꼭짓점이 있다. 실제로 밑변이 가장 퇴화된 유형의(크기가 8분의 1인치가 넘지 않는) 사람들은 직선 또는 여성과 거의 구별할 수 없다. 그들의 꼭짓점은 극단적으로 뾰족하다. 여러분이 그렇듯이 우리도 이런 삼각형을 이등변삼각형으로 불러 다른 삼각형들과 구별한다. 나는 앞으로 그들을 이 명칭으로 부를 것이다.

우리의 중산층은 정삼각형 즉 각 변이 동일한 삼각형으로 구성되어 있다.

우리나라의 전문가와 신사들은 (내가 속해 있는) 사각형과 다섯 개의 변이 있는 도형 즉 오각형이다.

이들 위로는 몇 가지 등급으로 나뉘는 귀족계급이 있다. 여섯 개의 변 즉 육각형에서 시작하여 변이 많은 다각형이라는 명예로운 직위를 부여받을 때까지 변의 수는 점점 늘어나게 된다. 마침내 변이 너무 많아져서 변 자체가 너무 짧아지면 동그라미와 구별할 수 없게 된다. 그들이 동그라미 또는 성직자계급에 속하게 되며, 모든 계급들 중에서 가장 높다.

우리의 자연법칙은 아들이 아버지보다 하나의 변을 더 갖고 태어나는 것이다. 각 세대는 (일반적으로) 발달의 정도와 귀족의 등급이 한 단계씩 올라가게 된다. 그러므로 사각형의 아들은 오각형이며, 오각형의 아들은 육각형이 되는 식으로 계속 이어진다.

하지만 이 법칙이 언제나 상인들에게 적용되는 것은 아니며, 군인과 노동자들에게는 더욱 드물게 적용된다. 이들은 모든 변이 동일하지 않기 때문에 실제로 인간적인 도형이라고 불릴만한 자격이 거의 없다.

그래서 그들에게는 자연법칙이 적용되지 않으며, 이등변삼각형(즉, 두 변이 같은 삼각형)의 아들은 여전히 이등변삼각형으로 남게 된다. 그럼에도 모든 희망이 차단된 것은 아니다. 그래서 이등변삼각형일지라도 그의 자손은 최종적으로 자신의 퇴화된 신분 이상으로 상승할 수 있다. 오랫동안 군사적인 성과를 거두거나 근면하고 숙련된 노동을 한 후에는 숙련공과 군인계급 중에서 좀더 영리한 사람들에게는 일반적으로 세 번째 변 또는 밑변이 약간 늘어나고 다른 두 변이 줄어드는 현상이 나타나기 때문이다. 하층계급에 속하지만 좀더 지적인 구성원들의 아들과 딸이 (성직자가 주선하는) 결혼을 하게 되면 그들의 자손은 일반적으로 정삼각형의 형태에 한층 더 가까워지게 된다.

이등변삼각형의 엄청난 출생자 수에 비해 드문 일이기는 하지만, 이등변삼각형 부모로부터 순수하며 증명(저자주:이것에 대해 스페이스랜드의 비평가는 이렇게 물어볼 것이다. "어떤 증명서가 필요하다는 겁니까? 사각형 아들의 출생은 아버지의 변들이 동일하다는 것을 입증하는 증명서를 자연으로부터 받았다는 것 아닐까요?" 이 질문에 대해 나는 어떤 지위의 여자라도 인증되지 않은 삼각형과 결혼하지는 않을 것이라고 대답할 것이다. 가끔은 약간 불규칙한 삼각형으로부터 정사각형 자손이 태어나기도 한다. 그러나 그런 경우에는 거의 대부분 첫 번째 세대의 불규칙성은 세 번째 세대에 나타난다. 그러면 오각형 등급에 도달하지 못하거나 삼각형으로 되돌아가게 된다.)할 수 있는 정삼각형이 태어나기도 한다. 이렇게 정삼각형이 태어나려면 그들의 조상들로서는 연속적으로 면밀하게 준비된 결혼을 해야 할 뿐만 아니라 다음 세대 등변형의 예비 선조들은 검약과 자기절제를 오랫동안 지속적으로 실천해야만 한다. 또한 여러 세대에 걸쳐 이등변삼각형의 지성을 근면하고 체계적으로 끊임없이 발달시켜야 한다.

우리나라에서는 이등변삼각형 부모로부터 순수한 정삼각형이 태어나는 것은 널리 알려야 하는 기쁜 일이다. 보건사회부의 엄격한 심사를 거쳐 완전하다고 증명되면 그 아이는 격식을 갖춘 의식을 거친 후에 등변계급으로 인정된다. 아이는 자부심을 느끼면서도 동시에 슬픔에 빠진 부모로부터 즉시 분리하여 자녀가 없는 등변형의 가정으로 입양된다. 입양한 부모는 이 아이가 무의식적으로 모방하려는 힘에 의해 새롭게 발달된 유기체가 다시 본래의 수준으로 떨어지는 일이 없도록, 이제부터는 옛집으로 돌아가거나 자신의 친족을 다시 만나는 일조차 절대로 허락하지 않겠다는 맹세를 해야만 한다.

때때로 어느 이등변삼각형이 조상들의 노예계급에서 벗어났다는 소식은 단조롭고 비참한 생활을 이어가는 그들에게는 한 가닥 빛과 같은 희망이었다. 비천한 노예 자신들뿐만 아니라 귀족사회도 대체로 반기는 일이었다. 상류계급은 아무도 자신들의 특권을 나누는데 거의 아무런 관심도 없지만, 드물게 나타나는 이런 현상들이 하층계급의 혁명을 차단하는 가장 유용한 장벽으로 활용된다는 것을 너무나도 잘 알고 있기 때문이었다.

날카로운 각이 있는 천민들 모두가 예외 없이 희망과 의욕을 전혀 가질 수 없었다면, 그들이 일으켰던 선동적인 폭동들 속에서 동그라미의 지혜로도 맞서기 어려운 우세한 수와 완력을 만들어낼 수 있는 지도자를 찾아냈을 것이다. 하지만 지혜로운 자연의 섭리는 노동계급의 지능과 지식 그리고 모든 미덕이 늘어나는데 비례하여 (그들을 육체적으로 무섭게 만드는) 날카로운 각 역시 동일한 비율로 해를 끼치지 못하는 정삼각형의 각에 가깝게 늘어나도록 정해져 있다. 그래서 거의 여성의 수준으로 지혜가 부족한 가장 사납고 무서운 군인계급이 엄청난 파괴력을 향상시키는데 필요한 정신적인 능력이 늘어나게 되면 그들의 파괴력 자체가 약해진다는 것이 밝혀졌다.

이 얼마나 훌륭한 보상의 법칙이며, 자연적 합목적성의 완벽한 증거인가! 나는 이 법칙이 플랫랜드 귀족정의 신성한 기원이라고까지 말할 수 있다! 이러한 자연법의 현명한 활용에 의해, 다각형과 동그라미들은 인간의 정신 속에 있는 억누를 수 없는 무한한 희망을 이용하여 거의 대부분의 폭동을 초기 단계에서 진압할 수 있었다.

기술 또한 법과 질서에 도움이 된다. 국립병원의 의사들은 반란군의 일부 영리한 지도자들을 인공적으로 약간 압축시키거나 팽창시켜 완벽한 규칙도형으로 만들어 즉시 특권계급으로 편입시킬 수 있다는 것이 널리 알려져 있다. 여전히 기준치 이하에 머물고 있는 훨씬 더 많은 사람들이 언젠가는 더 높은 계급이 될 것이라는 희망을 품게 된다. 그들을 국립병원에 입원하도록 설득하면 평생 명예롭게 갇혀 있게 된다. 고집이 세고, 어리석으며 불규칙한 모습을 도저히 고칠 수 없는 한두 명은 처형을 당하게 된다.

그렇게 되면 계획도 없고 지도자도 없는 비참한 이등변삼각형

천민들은 이런 비상사태를 대비해 우두머리 동그라미가 돈으로 매수해놓은 소수의 동족들에 의해 아무런 저항도 못한 채 찔려죽게 된다. 또한 동그라미 집단이 그들 사이에 교묘하게 조장해놓은 시기질투와 의심에 의해 자기들끼리 전쟁을 일으켜 서로의 뾰족한 각에 찔려 죽는 경우는 더욱 많다. 우리의 연대기에는 235건에 달하는 소규모 폭동 외에도 120건 이상의 반란이 기록되어 있으며, 그들의 소란은 모두 그런 식으로 끝이 났다.

4

여성에 대하여

만약 끝이 무척 뾰족한 삼각형인 군인계급을 감당하기 어렵다면, 여성들은 훨씬 더 감당하기 어렵다는 것은 쉽게 추측할 수 있을 것이다. 군인이 쐐기라면, 여성은 바늘이다. 모든 꼭짓점이, 말하자면 적어도 두 개의 꼭짓점이 바늘이기 때문이다. 거기에 더해 자신의 모습을 마음대로 보이지 않게 할 수 있는 능력도 있다. 그래서 플랫랜드에서는 여성이 절대로 무시할 수 없는 존재라는 것을 알게 될 것이다.

하지만 여기에서 어쩌면 어린 독자들 중에는 플랫랜드의 여성은 어떻게 자신을 보이지 않게 할 수 있는지를 물어볼 수도 있겠다. 굳이 설명하지 않아도 쉽게 알 수 있는 일이라고 생각하지만,

전혀 이해하지 못하는 사람들을 위해 짧게 설명해보기로 하자.

바늘을 탁자 위에 올려놓아 보자. 그리고 눈높이를 탁자에 맞추고 측면을 보면 바늘의 전체 길이가 보인다. 하지만 양쪽 끝을 정면으로 보면 하나의 점만 보이며, 사실상 명확하게 보이는 것이 없다. 이것이 바로 우리 여성들 중 한 명의 경우이다. 그녀의 옆면을 우리 쪽으로 돌리면 직선으로 보인다. 그러나 눈과 입이 포함된 끝에 (우리는 이 두 가지 기관이 동일하다) 눈을 맞추면 매우 밝게 빛나는 점만을 보게 된다. 하지만 그 뒤쪽 끝에 눈을 맞추면, 그녀의 반대편 끝이 (거의 빛이 나지 않으며 실제로 무생물만큼이나 희미해서 보이지 않게 되므로) 일종의 요술모자와 같은 역할을 한다.

우리가 여성들에게 노출되어 있는 위험은 이제 스페이스랜드에서 가장 이해력이 떨어지는 사람에게도 명확해졌을 것이다. 중류계급의 훌륭한 삼각형의 각일지라도 위험하지 않다고 할 수 없으며, 노동자와 부딪친다면 깊은 상처를 입게 된다. 군인계급의 장교와 충돌한다면 당연히 심각한 부상을 입게 되고, 사병의 꼭짓점을 스치기만 해도 사망의 위험을 겪을 수 있다면, 여성과 부딪친다면 확실하고 즉각적인 사망 외의 어떤 일이 벌어질 수 있을까? 그리고 여성이 보이지 않거나 단지 반짝이지 않는 흐릿한 점으로 보일뿐이라면 제아무리 조심할지라도 언제나 충돌을 피하는 것이 얼마나 어려운 일이겠는가!

이러한 위험을 최소화하기 위해 플랫랜드의 여러 주에서는 기회가 있을 때마다 많은 법령을 제정했다. 상대적으로 중력이 강한 남부 지역과 기후가 덜 온화해서 사람들이 더욱 무심하고 무의식적인 행동을 하기 쉬운 지역에서는 여성과 관련된 법들이 당연하게도 한층 더 엄격하다. 하지만 법령의 일반적인 목적은 다음과 같이 요약할 수 있다.

1. 모든 집의 동쪽 변에는 여성 전용 출입구를 만들어야 한다. 모든 여성들은 그 출입구로 '적절하고 공손한 태도로'(저자주: 내가 스페이스랜드에 있을 때, 일부 성직자 계급들도 마을 사람, 농부, 공립학교 교사를 위한 출입문을 따로 마련해두고 있다는 것을 알게 되었다._스펙테이터, 1884년 9월, p. 1255) 모두 '적절하고 공손한 태도'를 갖추도록 하기 위한 것이었다.) 들어가야 하며 남성용 또는 서쪽 문으로 들어가서는 안 된다.

2. 여성은 지속적으로 평화의 소리를 내지 않고는 공공장소를 걸어 다녀선 안되며, 위반시 사형에 처한다.

3. 무도병이나 발작 그리고 격렬한 재채기를 동반하는 만성 감기를 앓고 있거나 무의식적인 행동을 수반하는 질병을 앓고 있는 것으로 인정된 여성은 즉시 처형되어야 한다.

일부 주에서는 여성들을 제한하는 추가적인 법을 제정했다. 여성들은 공공장소에서 걷거나 서 있을 때 등을 지속적으로 몸을 좌우로 흔들어 뒤에 있는 사람들에게 자신들의 존재를 알려야 하며 위반시에는 사형에 처한다는 것이었다. 다른 주에서는 여성이 여행을 할 때는 아들이나 하인들 중의 한 명 또는 남편이 반드시 동행하도록 했으며, 또 다른 주에서는 종교행사 기간 외에는 집에만 머물도록 제한했다. 하지만 우리의 동그라미 또는 정치인들 중에서 가장 현명한 사람들은 여성에 대한 제한을 늘리게 되면 종족이 쇠약해지고 감소할 뿐만 아니라 지나치게 금지하는 법령에 의해 얻는 것 이상으로 잃는 것이 많을 정도로 국내의 살인이 증가한다는 것을 알게 되었다.

집안에 갇히거나 집밖에서의 활동을 제한하는 규정에 의해 여성들이 분노하게 될 때마다 자신들의 원한을 남편이나 자녀들에게 쉽게 쏟아내기 때문이었다. 기후가 덜 온화한 지역에서 여성들의 동시적인 폭동으로 한 마을의 남성들이 모두 한두 시간 내에 살해된 적이 있었다. 위에서 언급한 세 가지 법은 통제가 잘되는 주에서는 충분히 시행가능하며 여성 법령의 대략적인 예시로서 인정될 수 있을 것이다.

결국 우리의 주요한 안전장치는 입법기관이 아니라 여성 자신들의 이해관계에서 찾게 된다. 비록 거꾸로 움직여 상대방을 즉사시킬 수는 있지만 희생자의 몸에 박힌 자신들의 날카로운 끝을 즉시 빼내지 못한다면 그들 자신의 연약한 몸도 쉽게 산산조각나기 때문이다.

유행의 영향력 또한 우리에게 도움이 된다. 나는 발달이 덜 된 몇몇 주에서도 공공장소에서 등을 좌우로 흔들지 않고 가만히 서 있는 여성은 없다는 것을 지적했다. 이 풍습은 도형들이 기억할 수 있는 먼 옛날부터 치안이 우수한 모든 주에서 교양이 있다고 자부하는 모든 여성들 사이에서 널리 퍼져 있었다. 어떤 주에서든 당연히 지켜야 할 것인데 신분이 높은 모든 여성들의 타고난 본능을 입법으로 강화해야 한다는 것은 불명예스러운 일로 여겨진다. 이렇게 말해도 괜찮다면, 동그라미 계급 여성들의 리드 미컬하고 훌륭하게 조절된 진동은 시계추처럼 그저 단조롭게 흔들기만 할 수밖에 없는 평범한 등변형 아내들이 부러워하고 흉내 내고 있다. 등변형의 규칙적인 움직임도 어떤 종류의 '등 움직임'도 아직은 가정생활에 필수적이지 않은 진취적이며 신분 상승의 포부가 있는 이등변 아내들이 적지 않게 탄복하며 따라하려 한다. 그러므로 모든 신분과 지위의 가정에서 '등 움직임'은 오랫동안 널리 유행하고 있으며, 그러한 가정의 남편과 아들들은 적어도 눈에 보이지 않는 공격으로부터 벗어나 있는 셈이다.

우리의 여성들에게 애정이 결핍되어 있다고 생각해서는 안 된다. 하지만 불행하게도 연약한 여성들은 다른 어떤 자극보다 순간적인 격정을 참아내지 못한다. 당연하게도 이것은 필연적으로 그들의 불행한 신체구조에서 비롯된 것이다. 그들에겐 각에 대한 권리가 전혀 없다는 점에서 가장 계급이 낮은 이등변삼각형보다 열등하기 때문이다. 그로 인해 지력이 전혀 없으며 반성이나 판단은 물론 미리 예상도 하지 못하며 기억하는 것도 거의 없다. 그러므로 분노가 폭발했을 때 그들은 자신이 주장했던 것도 기억하지 못하며 분별력도 없다. 나는 실제로 어떤 여성이 자신의 가족을 몰살하고서 30분 후에 분노가 사라지고 파편들이 깨끗이 치워

졌을 때 비로소 자신의 남편과 자녀들은 어떻게 되었느냐고 묻던 경우를 알고 있다.

그렇다면 여성이 몸을 돌릴 수 있는 위치에 있다면 그녀를 자극해서는 안 된다. 여성을 자신의 방에 머물도록 했을 경우엔 하고 싶은 말과 행동을 마음껏 할 수 있다. 여성들의 힘을 억제하려는 의도로 만들어놓은 그 방에서는 위협이 될 행동을 전혀 할 수 없기 때문이다. 또한 당신을 죽이겠다고 협박했던 그 순간의 사건도 불과 몇 분 후에는 기억하지 못하게 된다. 당신이 그들의 분노를 진정시키기 위해 필요하다고 생각해 건넸던 약속들 역시 기억하지 못한다.

하층민인 군인계급을 제외하고 우리나라의 가족 관계는 대부분 지극히 평온하게 유지되고 있다. 때로는 요령과 신중함이 부족한 남편들이 무지막지한 참사를 유발시키기도 한다. 이런 대책 없는 남편들은 분별력과 적당한 핑계라는 방어적인 수단 대신 자신들의 날카로운 각이라는 공격적인 무기에 지나치게 의존한다. 그래서 너무나도 자주 여성의 방에 대한 건축 규정을 무시하거나 집밖에서 무분별한 표현을 남발하여 아내들을 자극해놓고도 즉시 취소하지도 않는다. 게다가 틀림없는 사실에 대해서도 너무 둔감해서 현명한 동그라미들이 자신의 배우자를 달랠 때 할 수 있는 아낌없는 약속들도 하지 못한다. 그 결과는 대량학살로 나타난다. 하지만 그로 인해 거칠고 다루기 힘든 이등변들이 제거되므로 이로운 점이 전혀 없는 것은 아니다. 그래서 많은 동그라미들은 연약한 여성의 파괴적인 특성이 과다한 인구를 억제하고 혁명을 싹부터 제거하려는 신의 뜻에 의한 준비들 중의 한 가지라고 생각한다.

하지만 가장 훌륭하게 통제되고 동그라미에 가장 가까운 가족들일지라도 가정생활의 규범이 스페이스랜드만큼 높다고는 할 수 없다. 살육이 없는 한 평화라고 부를 수는 있겠지만 필연적으로 취향이나 추구에 있어 조화롭지는 못하다. 동그라미들의 조심스러운 지혜는 가정의 안락함을 희생하여 안전을 확보했다. 아득한 옛날부터 동그라미나 다각형의 가정에서는 모두 어머니와 딸들이 눈과 입을 줄곧 남편과 남자 친구들을 향하는 것이 관습이었으며, 이제 상류계급의 여성들 사이에서는 일종의 본능이 되어 있다. 그리고 저명한 가문에서는 부인이 남편에게 등을 돌리는 행동은 '신분'을 잃는 것을 포함하는 불길한 징조로 여겨졌다. 하지만 곧 설명하겠지만, 이런 관습은 비록 안전하다는 이점은 있었지만 불리한 점이 전혀 없는 것은 아니었다.

집안일을 하는 동안에는 남편에게 등을 돌리는 것이 허용되는 노동자나 훌륭한 상인의 집에서는 적어도 지속적으로 평화의 소리가 들리는 것 외에는 아내가 보이지도 않고 아무 소리도 들리지 않는 조용한 순간들이 있다. 하지만 상류계층의 집에서는 이처럼 평화로운 순간이 전혀 없다. 수다스러운 입과 밝게 빛나는 예리한 눈이 언제나 집주인을 향하고 있는 것이다. 빛 자체는 끊임없이 쏟아지는 부인의 말보다 더 끈덕지지는 않다. 여성의 찌르기를 피하기에 충분한 요령과 기술도 아내의 입을 막는 일만은 감당하지 못한다. 아내가 특별히 할 말도 없으면서도 자신의 말을 멈추는 지혜나 의식 또는 자각이라는 억제력이 전혀 없을 때, 적지 않은 냉소주의자들이 이렇게 단언한다. '한쪽 끝에서 울려 퍼지는 안전한 여성의 목소리보다 죽음과 관련 있지만 아무 소리도 듣지 못하고 찔리는 위험이 더 낫다.'

스페이스랜드의 독자들에게는 우리 여성들의 상황이 정말 비참한 것처럼 보일 것이며 사실 또한 그렇다. 가장 낮은 계급인 이등변삼각형도 자신의 각도를 어느 정도 개선하여 열악한 신분을 근본적으로 상승시키기를 기대한다. 하지만 여성은 아무도 그런 희망조차 품을 수가 없다. '한번 여자가 되면, 언제나 여자'라는 것이 자연의 법칙이며, 진화의 법칙 자체가 여성에게 불리하게 멈춰 있는 것처럼 보인다. 하지만 우리는 적어도 아무런 희망도 없는 여성들이 자신들의 비참한 신세와 굴욕을 생각해낼 기억력이나 미리 내다볼 통찰력이 없도록 미리 정해놓은 현명한 자연에 경탄하지 않을 수 없다. 이것은 여성들의 숙명이면서 동시에 플랫랜드 사회체제의 기초가 되고 있는 것이다.

5

서로를 알아보는 방법

여러분은 빛과 그림자의 축복을 받고 있다. 그래서 두 눈으로 원근을 알아차릴 수 있으며 다양한 색깔이 주는 즐거움을 누릴 수 있다. 여러분은 각도를 실제로 '파악할' 수 있고 3차원의 행복한 영역에서 동그라미의 완벽한 원주를 관찰할 수도 있다. 그런 여러분에게 플랫랜드에 있는 우리가 서로의 형태를 인식하며 겪어야 하는 극단적인 어려움을 어떻게 이해시킬 수 있을까?

앞에서 내가 말했던 것을 상기시켜 보자. 플랫랜드에 있는 모든 존재들은, 생명체이거나 무생물이거나, 그것이 어떤 형태를 갖고 있거나 상관없이, '우리들의 시각'에는 직선의 모습으로 똑같거나 거의 똑같이 보인다. 그렇다면 모두 다 똑같아 보이는 이곳에서 어떻게 다른 사람들을 구별할 수 있을까?

이 질문엔 세 가지 답이 있다. 첫 번째 인식 수단은 청각이다. 청각은 여러분보다 우리가 훨씬 더 발달되어 있다. 우리는 목소리로 친구들을 구별할 수 있을 뿐만 아니라 서로 다른 계급들 간의 차이도 알아차린다. 이등변삼각형에 대해서는 신경 쓰지 않지만, 적어도 정삼각형과 사각형 그리고 오각형의 세 가지 하위계급은 청각으로 구별한다. 하지만 사회 등급이 상승하면서 청각에 의한 인식 과정과 식별은 점점 더 어려워진다. 부분적으로는 목소리들이 서로 비슷해지기 때문이며, 부분적으로는 음성 식별 능력이 하층계급의 미덕이어서 귀족계급에서는 충분히 발달되지 않았기 때문이다. 그리고 조금이라도 사기를 당할 위험이 있는 곳에서는 이 방법을 신뢰할 수 없다. 하층계급에서는 발성기관이 청각기관에 비해 더 잘 발달되어 있다. 이등변삼각형은 다변형의 목소리를 쉽게 흉내 낼 수 있으며, 약간의 연습만으로 동그라미의 목소리도 흉내 낼 수 있다. 그래서 일반적으로 두 번째 방법을 더 많이 활용한다.

두 번째 인식 방법인 '느낌'은 여성들과 하급계층들 사이에서 — 상류계급에 대해서는 잠시 후에 이야기할 것이다 — 낯선 사람들을 식별할 때 그리고 개인이 아닌 계급을 식별할 때 활용하는 주요한 인식수단이다. 스페이스랜드에서 상류층 사이에 서로를 '소개'하는 것이 우리에게는 '느낌'의 과정이다. 도시에서 멀리 떨어진 지역의 구식 시골 신사들 사이에서는 사람을 소개할 때 여전히 '제 친구 아무개 씨를 느껴보시고 그가 당신을 느끼도록 허락해주십시오.'라는 관용적인 표현을 사용한다. 그러나 도시와 사업가들 사이에서는 비록 '느낌'을 서로 교환하는 것이 당연하다고 생각하지만 '느끼도록'이라는 말은 빼고 '아무개 씨를 느껴보시기 바랍니다'라고 줄여서 사용한다. 좀 더 현대적이고 진취적인 젊은 신사들은 — 불필요한 노력을 극도로 싫어하며 모국어의 순수성에 대단히 무관심한 — 이 관용적인 표현이 의미하는 '느껴보고 상대가 느끼는 것을 받아들이기를 권한다'는 표현을 훨씬 더 줄여서 형식적으로 '느낀다'라고 사용한다. 그리고 지금은 상류계급 내의 점잖거나 경박한 사회의 '은어'에서는 '스미스 씨, 존스 씨를 느껴보시죠.'와 같은 파격적인 표현을 허용한다.

하지만 우리의 '느낌'이 독자 여러분들이 생각하는 것처럼 따분한 과정은 아니다. 또한 그 사람이 속한 계급을 알기 전에 각 개인들의 변들을 모두 다 느껴야 할 필요가 있는 것도 아니다.

학교에서 배우기 시작하여 일상생활에서 오랫동안 연습과 훈련을 지속해온 우리는 촉각으로 정삼각형, 사각형 그리고 오각형의 각도를 즉시 구별할 수 있다. 그리고 각이 날카로운 이등변삼각형의 무식한 꼭짓점은 가장 둔한 촉각으로도 쉽게 알아차릴 수 있다는 것은 굳이 말할 필요도 없을 것이다. 그러므로 일반적으로 어떤 개인의 각 하나만을 느끼면 되는 것이고 그 이상은 느낄 필요가 없다. 일단 확인을 하고 나면 상대방의 계급을 알게 된다. 하지만 그가 실제로 귀족계급의 상류층에 속한 사람이라면 계급을 알기는 어렵다. 심지어 웬트브리지 대학(역자주: 영국 최고의 대학인 케임브리지Cambridge의 발음에서 앞부분을 Went로 바꾼 말장난이다.)에서 석사학위를 받은 사람도 10각형을 12각형으로 혼동하는 경우도 있었다. 유명대학을 다니거나 졸업한 박사들 중에서도 귀족계급의 20각형과 24각형 사이를 즉시 그리고 머뭇거리지 않고 알아볼 수 있다는 사람은 거의 없다.

앞에서 여성과 관련된 법규에서 발췌한 내용을 기억하는 독자라면 접촉에 의한 소개 과정에 약간의 주의와 배려가 필요하다는 것을 즉시 알아차렸을 것이다. 그렇게 하지 않는다면 경솔하게 느끼려는 사람은 각에 찔려 돌이킬 수 없는 부상을 입을 수 있다. 느끼려는 사람의 안전을 위해 느낌을 전하는 사람은 반드시 완벽하게 정지된 상태로 있어야만 한다. 흠칫 놀라거나 불안정하게 위치를 옮기는 것은 물론이고 갑작스러운 재채기일지라도 부주의한 사람에게는 치명적이며 바람직한 우정의 싹을 잘라버리게 된다는 것이 알려져 있다. 특히 삼각형의 하층계급들 사이에서 그렇다. 그들의 경우 눈이 꼭짓점으로부터 너무 멀리 떨어져 있어 자신들의 몸 끝에서 벌어지고 있는 일을 거의 알아차릴 수 없다. 게다가 성품이 거칠어 고도로 조직화된 다각형의 섬세한 촉감을 느낄 수 없다. 그래서 만약 무의식적으로 머리를 흔드는 바람에 국가의 소중한 생명을 빼앗아버린다면 이 얼마나 놀라운 일인가!

나의 할아버지는 비범한 분이셨다. 비참한 이등변계급에서 가장 결함이 적은 사람들 중의 한 명이었으며, 실제로 돌아가시기 직전에 보건사회국의 표결에서 7표 중 4표를 얻어 등변계급으로 편입되는 자격을 얻었던 분이셨다. 나는 할아버지가 59도 30분의 각도 즉 지능을 갖춘 존경받는 노동자였던 고조할아버지에게 일어났던 이런 종류의 잘못을 한탄하시며 자주 눈물을 흘리셨다는 이야기를 들었다.

할아버지의 말씀에 따르면 류머티즘을 앓고 있던 나의 불운한 조상은 다각형으로부터 느낌을 받고 있던 도중에 갑작스러운 발작을 일으켜 지체 높은 그 사람을 비스듬히 찌르게 되었다고 한다. 그 실수로 인해 우리 가문은 더 나은 도형으로 올라가는데 1도 30분이 지연되었다. 부분적으로는 오랜 감금과 강등의 결과였으며, 부분적으로는 친족들 전체에 퍼진 도덕적 충격 때문이었다. 그 결과 다음 세대에서는 가족의 지능이 고작 58도로 등록되었고, 다섯 세대가 지나간 후에서야 잃어버린 지위를 회복하고 완전한 60도를 이루면서 마침내 이등변계급을 벗어나게 되었다. 한 번의 작은 사고로 인해 이어졌던 참변은 모두 느끼는 과정에서 일어난 일이었다.

이쯤에서 훌륭한 교육을 받은 독자들은 이렇게 주장하지 않을까 생각한다.

"플랫랜드에 사는 당신들은 어떻게 여러 각들의 도(度)나 분(分)에 대해 알 수 있는 겁니까? 우리는 공간의 영역에 있기 때문에 각도를 '볼' 수 있고 서로 마주보는 사선들을 볼 수 있지만 당신들은 한 번에 하나의 직선밖에 볼 수 없잖아요. 어쨌든 여러 개의 직선도 모두 하나의 직선으로만 볼 수 있는 당신들이 어떻게 각도를 구분할 수 있으며 하물며 다른 크기의 각도들을 등록할 수 있다는 겁니까?"

나의 대답은 이렇다. 비록 우리가 각도는 '볼' 수는 없지만, '추측'할 수는 있으며, 그것도 매우 정확하게 추측할 수 있다. 필요에 의해 계발되고 오랜 훈련에 의해 발달된 우리들의 촉각은 자나 각도측정기의 도움 없이도 여러분의 시각보다 훨씬 더 정확하게 각도들을 구별할 수 있게 되었다. 우리가 커다란 자연의 도움을 받고 있다는 것도 빠뜨려서는 안될 것이다. 우리의 자연법칙은 이등변 계급의 뇌는 0.5도 즉 30분에서 시작하며 (일단 증가한다면) 농노의 신분이 끝나고 자유인인 규칙도형의 계급으로 편입되는 60도의 목표에 도달할 때까지 각 세대마다 0.5도씩 증가한다.

결과적으로 자연은 우리에게 0.5도에서 60도까지 잴 수 있는 상승척도 또는 각도알파벳을 제공하고 있는 것이다. 이러한 견본들은 전국의 모든 초등학교에 비치되어 있다. 이따금씩 발생하는 퇴보와 그보다 더 자주 일어나는 도덕적이며 지적인 정체 그리고 범죄자와 부랑자 계급의 엄청난 생식력으로 인해 0.5도와 1도 계급에 속하는 개체들은 언제나 넘쳐날 정도로 많으며, 10도까지의 견본도 상당히 많다.

이들에게는 절대로 시민권이 주어지지 않는다. 전쟁에 필요한 지능조차 없는 그들 중의 상당수는 국가에 의해 교육 서비스에 투입되고 있다. 위험 가능성을 모두 제거하기 위해 단단하게 족쇄로 채워진 그들은 유치원의 교실에 배치된다. 그곳에서 그들은 교육위원회에 의해 중산계급의 자손들에게 자신들에게는 전혀 없는 예민한 감각과 지성을 전하려는 목적으로 활용되고 있다.

일부 주에서는 견본들이 가끔씩 제공되는 음식을 먹으며 몇 년 동안 견뎌야 하는 고통을 당하게 된다. 하지만 보다 온건하고 규정이 잘 갖추어진 지역에서는 결국 어린이의 교육적 이익을 위해서는 음식을 제공하지 않고 견본들을 매달 — 범죄자 계급이 음식 없이 생존할 수 있는 평균적인 존속기간은 대략 한 달이다. — 새롭게 교체하는 것이 이익이라는 것을 알게 되었다. 재정이 부실한 학교들에서는 견본들의 생존기간을 연장시켜 얻는 것을 도리어 잃게 되는데, 부분적으로는 음식을 위한 지출과 부분적으로는 몇 주 동안의 지속적인 '느낌' 이후에 고장이 난 각도의 정확성이 떨어지기 때문이다.

보다 값비싼 제도를 갖춘 학교의 장점들을 열거하는 데 있어 비록 약간이지만 눈에 띌 정도로 남아도는 이등변삼각형 인구의 감소에 공헌한다는 것을 빼놓을 수는 없겠다. 이것은 플랫랜드의 모든 정치인들이 줄곧 마음속에 새기고 있는 목표이기도 하다. 그래서 전반적으로 — 비록 일반 투표로 선출된 많은 교육위원회가 이른바 '값싼 제도'에 호의적인 반응이 있다는 것을 모르지는 않지만 — 나 자신은 지출이 진정한 절약이 되는 많은 경우들 중의 한 가지라고 생각한다.

하지만 교육위원회의 정치적 판단과 관련된 문제로 내 이야기의 주제에서 벗어나고 싶지는 않다. 이제 느낌에 의한 인식이 여러분이 생각하는 것처럼 그다지 지루하거나 분명하지 않은 과정이 아니라는 것은 충분히 설명되었으리라 믿는다. 그리고 듣기에 의한 인식보다 신뢰성이 더 높다는 것은 분명하다. 위에서 지적했듯이 이 방법에 위험이 없지 않다는 반론은 여전히 남아 있다. 이런 이유 때문에 중간계급과 하위계급의 많은 사람들과 다각형과 동그라미 신분에서는 모두 예외 없이 세 번째 방법을 더 선호한다. 그것에 대한 설명은 다음 장에서 이어가기로 한다.

6

시각에 의한 인식

　이제부터는 내가 무척이나 일관성이 없는 사람으로 보이게 될 것이다. 앞장에서 나는 플랫랜드의 도형들은 모두 직선으로 보인다고 했다. 따라서 다양한 계급에 속하는 개인들을 시각기관으로 구별하는 것은 불가능하다고 설명하거나 암시했다. 하지만 이제 나는 스페이스랜드 평론가들에게 우리가 어떻게 서로를 시각으로 인식할 수 있는지를 설명하려 한다.

　하지만 독자들이 '느낌에 의한 인식'이 보편적이라고 설명하는 문장을 주의 깊게 살펴보면 '하층계급 사이에서'라는 조건을 발견할 수 있을 것이다. 시각인식은 상위계급들 사이에서 그리고 기후가 보다 따뜻한 곳에서만 실행되고 있다.

특정한 지역과 계급에서 이런 능력이 나타나는 것은 열대지역을 제외한 모든 지역에서 일 년 내내 발생하는 안개로 인한 결과이다. 스페이스랜드에 있는 여러분에게 안개는 풍경을 흐릿하게 만들고, 마음을 울적하게 하며, 건강을 악화시키는 폐해일 뿐이겠지만, 우리에게는 공기에 못지않은 축복으로, 예술의 보호자이며 과학의 후견인으로 인식되어 있다. 하지만 유익한 이 자연현상에 대한 찬사는 이 정도로 줄이고 내 말의 의미를 설명해보기로 하자.

만약 안개가 없었다면, 선들은 모두 똑같이 그리고 구별할 수 없을 정도로 뚜렷하게 보였을 것이다. 대기가 완전히 건조하고 투명한 불행한 지방에서는 실제로 그렇게 보인다. 하지만 안개가 풍부하게 발생하는 곳이라면 어디에서든 멀리 떨어진 곳, 이를테면 3피트 떨어진 곳에 있는 사물들은 2피트 11인치 떨어진 곳에 있는 것들보다 훨씬 더 흐릿하게 보인다. 그리고 상대적인 흐릿함과 뚜렷함을 세심하게 지속적으로 실험하고 관찰한 결과 우리는 관찰 대상의 형태를 대단히 정확하게 추측할 수 있게 되었다.

한 권 분량의 일반론을 제시하는 것보다 한 가지 예를 드는 것이 내 말뜻을 더 명확하게 해줄 것이다.

계급을 확인하고 싶은 두 사람이 내게 다가오고 있다고 가정해보자. 그들이 상인과 의사, 달리 말하자면 정삼각형과 오각형이라고 가정해보자. 나는 그들을 어떻게 구별해야 할까?

스페이스랜드에서 기하학을 조금이라도 공부했다면 어린이라도 모두 쉽게 이해할 수 있다. 만약 내가 눈을 돌려 다가오고 있는 낯선 사람의 각도 (A)를 이등분할 수 있는 곳을 볼 수 있다면, 나의 시선은 내 곁에 있는 그의 두 변(즉, CA와 AB) 사이에 균등하게 위치하게 될 것이다. 그래서 나는 그 두 변을 공평하게 관찰

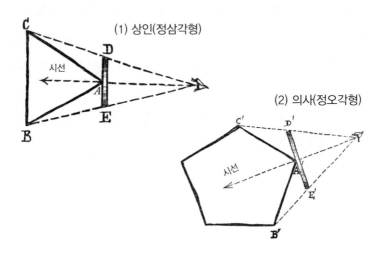

(1) 상인(정삼각형)

(2) 의사(정오각형)

하게 되고 두 변 모두 똑같은 길이로 보게 될 것이다.

이제 (1) 상인의 경우, 나는 무엇을 보게 될까? 나는 직선 DAE 를 보게 될 것이며, 중간지점인 (A)는 나와 가장 가깝기 때문에 매우 밝게 보일 것이다. 하지만 양쪽 측면의 선은 '급격하게 어렴 풋해지면서' 흐려질 것이다. 양쪽 변인 AC와 AB가 '급격하게 안 개 속으로 희미해질' 것이기 때문이다. 그리고 상인의 양쪽 끝부 분 즉, D와 E는 실제로 '매우 흐릿하게' 보이게 될 것이다.

반면에 (2) 의사의 경우에도 비록 밝은 중심(A′)이 있는 선 (D′A′E′)을 보게 되지만 상대적으로 어느 정도는 급격하지 않게 흐려진다. 양쪽 변(A′C′, A′B′)이 덜 급격하게 안개 속으로 사라 지기 때문이다. 그리고 그 의사의 양쪽 끝 즉 D′ 와 E′는 상인의 양쪽 끝만큼 '흐리게 보이지는 않게' 된다.

독자들은 이 두 가지 사례로부터, 아주 오랜 훈련을 거친 후에 우리들 중에서 훌륭한 교육을 받은 사람들이 어떻게 중간계급과 하위계급 사이를 매우 정확하게 시각으로 구별하게 되는지를 이 해할 수 있을 것이다. 만약 나의 스페이스랜드 독자들이 이 일반 적인 개념을 파악하고 이런 인식이 가능하다는 것을 이해했다면,

나의 설명을 모두 신뢰할 수 없는 것으로 거부하지 않는 한, 내가 합리적으로 기대했던 것을 모두 이룬 것이다. 더 자세하게 설명하려 했다면 그저 혼란에 빠뜨릴 뿐이었을 것이다. 하지만 시각에 의한 인식이 쉬운 문제라고 추측하게 될 — 위에서 제시한 이 두 가지 단순한 예로부터 내가 아버지와 나의 아들들을 인식하는 방법을 추측하게 될 — 어리고 미숙한 사람들을 위해 실생활에서 시각인식의 문제는 대부분이 훨씬 더 난해하고 복잡하다고 밝혀 둘 필요는 있겠다.

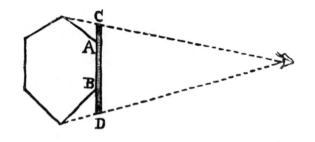

예를 들어, 삼각형인 나의 아버지가 다가오면서 각이 아닌 측면을 보여준다면, 몸을 돌려달라고 부탁하거나 눈을 그분 둘레로 조금씩 돌릴 때까지 나는 잠시 아버지를 직선으로, 다시 말해 여성이 아닌지를 의심하게 될 것이다. 또한, 나의 육각형 손자 둘

중 한 명과 함께 있을 때, 그 아이의 측면(AB) 중 하나를 정면으로 관찰하면 첨부한 도형으로부터 나는 비교적 밝은(양끝이 전혀 희미해지지 않은) 전체 선 하나(AB)와 줄곧 흐려지다가 양쪽 끝인 C와 D를 향하면서 훨씬 더 희미해지는 두 개의 짧은 선들(CA와 BD)을 보게 될 것이다.

하지만 이 주제를 더 파고들고 싶다는 유혹에 빠지지는 않으려 한다. 스페이스랜드의 가장 평범한 수학자라 해도 교양 있는 사람들이 생활 속에서 겪게 되는 문제들을 일일이 들려준다면 이의 없이 내 말을 믿게 될 것이다.

연회장이나 좌담회 같은 곳에서 그들이 겪어야 하는 일을 예로 들어보자. 그들은 몸을 돌리거나 앞으로 나아가거나 물러서면서 동시에 여러 방향으로 움직이는 상류계급의 다각형들을 시각으로 구별하려고 시도해야 한다. 이러한 일은 가장 지적인 사람들도 뾰족한 모서리(머리)를 쥐어짜내야 하는 일일 수밖에 없다. 또한 이것은 명성이 자자한 웬트브리지 대학에서 시각인식의 이론과 기술을 국가의 '엘리트' 계급에게 정규과목으로 가르치고 있는 박식한 기하학 교수들의 엄청난 재능을 충분히 입증하는 것이기도 하다.

이런 고상하고 유용한 기술을 완벽하게 수행하는데 필요한 시간과 돈을 감당할 수 있는 사람은 많지 않다. 가장 신분이 높고 가장 부유한 집안의 자손들 중에서도 극히 소수일 뿐이다. 나름 명망이 있는 수학자이며 전도유망하고 완벽한 정육각형 손자 두 명의 할아버지인 나도 몸을 이리저리 돌리는 상류계급의 무리들 속에 있게 되면, 이따금씩 매우 당황하게 된다. 그러니 만약 독자 여러분이 갑작스럽게 우리나라에 오게 된다면 이런 광경을 전혀 이해할 수 없는 것과 마찬가지로 평범한 상인이나 노예들도 당연히 이리한 광경을 이해할 수 없는 것이다.

그런 무리들 속에 있다면 여러분은 사방에서 단지 선밖에 볼 수 없을 것이다. 언뜻 보기에는 직선이지만 각 부분들이 밝거나 희미하게 그리고 불규칙적으로 끊임없이 변화한다. 여러분이 대학에서 오각형이나 육각형 계급과 함께 3년 동안 공부하여 이 과목의 이론을 완벽하게 이해했다 해도, 여전히 상류사회에서 신분이 높은 사람들과 부딪치지 않고 움직일 수 있기 위해선 오랜 경험이 필요하다는 것을 알게 될 것이다. 그들에게 '느끼겠다'고 요청하는 것은 예의에 어긋나는 일이다. 또한 여러분은 그들에 대해 아는 것이 거의 없는 반면에 그들은 뛰어난 문화와 가정교육에 의해 여러분의 움직임을 모두 다 알고 있다.

한마디로 말해서, 다각형 사회에서 완벽하게 예의범절에 맞게 행동하려면 다각형이 되어야만 한다. 그것은 적어도 내가 경험으로 알게 된 고통스러운 교훈이기도 하다.

시각인식의 기술 — 또는 나는 이 기술을 거의 본능이라고 부르지만 — 이 끊임없는 연습과 '느낌'의 관습을 회피하면서 엄청나게 발달했다는 것은 놀라운 일이다. 그건 마치 스페이스랜드에서 듣지도 말하지도 못하는 사람이 일단 수화(手話)를 사용하게 되면 배우기는 더 어렵지만 훨씬 더 유용한 독순술(讀脣術)을 절대로 익히지 못하게 되는 것과 같아서, 우리의 '눈으로 보기'와 '느끼기'가 그런 관계에 있다. 어릴 적에 '느낌'을 활용해왔던 사람은 '보기'를 완벽하게 배우지 못하게 된다.

이런 이유로, 우리의 상류계급 사이에서는 '느낌'을 억제시키거나 완전히 금지하고 있다. 그들의 자녀는 느낌의 기술을 가르치는 공립 초등학교 대신 상류층만 다닐 수 있는 고급 사립학교로 간다. 우리의 유명 대학에서는 '느끼는 것'을 가장 심각한 잘못으로 생각해 처음 위반했을 때는 정학 처분을 내리고 두 번째 위반에는 퇴학을 시킨다.

하지만 하층계급 사이에서는 시각인식의 기술이 꿈도 꾸지 못할 사치라고 여겨진다. 평범한 상인은 자기 아들을 이런 추상적인 공부에 인생의 3분의 1을 허비하도록 해줄 만한 여유가 없다. 그래서 가난한 집안의 자녀들에겐 어릴 때부터 '느끼는' 것이 허용된다. 그로 인해 처음에는 제대로 교육받지 못한 다각형계급 아이들의 둔하고 발달이 덜 된 굼뜬 행동에 비해 훨씬 더 조숙해지고 일찍부터 활기차게 생활한다. 그러나 다각형계급의 아이들이 마침내 대학 교육을 마치고 자신들의 이론을 실천에 옮길 준비가 되면, 그들에게 일어난 변화는 거의 새로운 탄생으로 표현될 정도이다. 모든 예술, 과학 그리고 사회 활동에서 매우 빠른 속도로 삼각형 경쟁자들을 추월하여 훨씬 앞서게 된다.

다각형계급 중에서 아주 소수만이 대학의 최종시험 즉 졸업시험에 통과하지 못한다. 졸업에 실패한 소수의 다각형이 겪게 되는 상황은 매우 비참하다. 상류계급으로부터 거부당하는 것은 물론 하위계급의 멸시도 받게 된다. 그들은 학사나 석사 학위를 받은 다각형의 성숙하고 체계적으로 훈련된 능력도 갖추지 못했을 뿐만 아니라 젊은 상인의 타고난 조숙함과 번득이는 재능도 갖추지 못하고 있다.

그들은 지적인 직업을 갖거나 공직에 오를 수 없으며, 비록 대부분의 주에서 결혼이 실제로 금지되지는 않지만 적당한 혼인관계를 맺는데 많은 어려움을 겪는다. 경험적으로 보아 그런 불운하고 재능이 없는 부모의 자손들은 완전히 불규칙하게 태어나지는 않았다 해도 대개는 불행하게 살게 된다.

지난 시대에 일어났던 엄청난 소요와 폭동은 일반적으로 귀족에서 거부된 이런 부류들을 지도자로 삼아 일어났다. 그로 인한 폐해가 너무 심해서 점차 늘어나고 있던 소수의 진보적인 정치인들은 그들을 완전히 진압하는 것이 진정한 자비라는 의견을 갖게되었다. 대학의 최종시험을 통과하지 못한 사람은 모두 평생 동안 수감하거나 고통 없는 죽음으로 소멸시키는 것을 법으로 정해야 한다는 것이었다.

잠깐만, 본래의 주제에서 불규칙도형으로 벗어나고 있는 것같다. 이처럼 대단히 중요한 관심사에 관한 문제는 별도의 장에서 다루기로 하겠다.

7

불규칙도형에 대하여

앞에서 나는 줄곧 플랫랜드의 모든 인간은 규칙적인 도형, 즉 규칙적인 구조를 갖고 있는 것으로 가정했다. ― 이건 어쩌면 처음부터 별개의 기본적인 명제로서 설명해 두었어야 했던 문제이기도 하다. ― 내가 말하고자 하는 것은 여성은 단순히 선이 아니라 직선이어야만 하며, 장인이나 병사들은 두 개의 변이 동일해야만 하며, 상인은 세 변이 동일해야만 한다는 것이다. 또한 법률가들(내가 변변찮은 구성원으로서 속해 있는 계급)은 네 변이 동일해야만 하며 일반적으로 모든 다각형은 변이 모두 동일해야만 한다는 의미이다.

변의 길이는 당연하게도 각 개인의 나이에 따라 다르다. 갓 태어난 여자아이는 대략 1인치 정도인 반면에 키가 큰 성인 여성은 1피트까지 늘어난다. 모든 계급의 성인 남성은 변의 길이를 모두 더했을 때 대략 3피트이거나 조금 더 길다. 하지만 여기에서 변들의 길이에 대해 이야기하려는 것은 아니다. 나는 변들이 '동일하다는' 것을 말하려고 하는 것이다. 자연은 모든 도형의 변이 동일하기를 원하며, 플랫랜드에서 이루어지는 모든 사회생활은 이러한 기본적인 사실에 근거한다는 것은 굳이 확인할 필요도 없다는 것이다.

만약 변의 길이가 동일하지 않다면 각의 크기도 동일하지 않다. 그렇다면 한 개인의 형태를 판단할 때 하나의 각만을 느끼거나 시각으로 평가하는 것으로는 충분하지 않게 된다. 그 대신 느낌을 시도하여 개별적인 각들을 일일이 확인해야 할 필요가 있다. 하지만 그처럼 지루한 탐색을 하며 살기에는 인생은 너무 짧다. 시각인식의 과학과 기술은 모두 즉시 사라져버릴 것이며, 일종의 기술일 뿐인 느낌은 오랫동안 살아남을 수 없을 것이다. 인간들 간의 교류는 위험해지거나 불가능하게 되고 모든 신뢰와 계획도 소멸되고 말 것이다. 가장 간단한 사회적 합의조차 안전하게 만들어낼 수 없게 되어, 한마디로 문명은 야만으로 되돌아가고 말 것이다.

내가 지금 독자들을 이처럼 뻔한 결론으로 끌고 가기 위해 너무 서두르고 있는 것일까? 일상생활에서 일어나는 한 가지 예를 들어 잠시 생각해보면, 우리 사회의 체제 전체가 각도의 규칙성 또는 동일함에 기초하고 있다는 것을 모두 확신하게 될 것이다.

　　예를 들어, 거리에서 2~3명의 상인들을 마주쳤다고 가정해보자. 그들의 각도와 급격히 흐려지는 변들을 한번 보는 것만으로 여러분은 즉시 그들이 상인이라는 것을 알아차리게 되고, 점심식사를 위해 집으로 들어오라고 초대하게 된다. 지금 여러분은 완벽한 신뢰를 바탕으로 그렇게 할 수 있는 것이다. 모든 사람들이 성인 삼각형이 차지하고 있는 1~2인치의 면적을 알고 있기 때문이다. 하지만 그 상인이 규칙적이고 훌륭한 꼭짓점 뒤로 12~13인치 길이의 비스듬한 평행사변형을 질질 끌고 들어온다고 상상해보자. 여러분의 집 문간에 단단히 끼어 옴짝달싹 못하고 있는 그런 괴물을 어떻게 할 것인가?

　　하지만 지금 나는 스페이스랜드에 사는 이점들을 누리고 있는 모든 사람들에게는 너무나도 당연한 하찮은 일들을 나열하면서 독자들의 지성을 모욕하고 있는 것이리라. 그처럼 꺼림칙한 상황 속에서는 어느 하나의 각도만 측정하는 것으로는 더 이상 충분하지 않을 것이다. 한 사람의 인생 전체를 자기 주변 사람들의 둘레를 느끼거나 측량하는 데 다 써버리고 말 것이다. 북적이는 사람들 속에서 충돌을 피하는 일은 이미 훌륭한 교육을 받은 총명한 사각형도 머리를 짜내야 하는 어려운 일이다. 하지만 일행 속에 있는 어느 한 도형의 규칙성을 계산해낼 수 있는 사람이 아무도 없다면, 모두 다 혼란과 혼돈 속에 빠지게 될 것이며 조금만 당황해도 심각한 부상을 일으키게 될 것이다. 또한 우연하게도 그 일행 중에 여성이나 병사가 한 명이라도 섞여 있다면 엄청난 인명 피해가 일어나게 될 것이다.

그러므로 구조의 규칙성에 승인 도장을 찍는 일은 자연이 권장하는 방편이며, 법도 그들의 노력을 지지하는데 주저하지 않았다. 우리에게 '도형의 불규칙성'은 여러분들의 도덕적 비행과 범죄를 합친 것과 같거나 그 이상의 것이므로 그에 걸맞게 다루어진다. 사실, 기하학적 불규칙성과 도덕적 불규칙성 사이에 필연적인 연결은 없다고 주장하는 모순적인 말을 퍼트리는 사람들이 없는 것은 아니다.

그들은 이렇게 말한다. "불규칙하게 태어난 사람들은 자신의 부모에게 멸시당하고 형제자매들의 조롱을 받으며 하인들의 무시를 받으며 자랐다. 또한 사회의 조롱과 의심을 받았으며 책임, 신뢰 그리고 유용한 사회활동의 모든 직책에서 배제되었다. 나이가 들어 검사를 받을 때까지 그들의 모든 행동은 경찰의 빈틈없는 감시를 받았다. 그 후에 규정되어 있는 일탈의 한계를 벗어나는 것으로 확인되면 파괴되거나 7등급 계급의 사원으로서 관공서에 붙잡아두었다. 결혼은 금지되었으며, 보잘것없는 급여를 위해 재미도 없는 일을 억지로 해야만 한다. 사무실에서 먹고 자야만 한다. 휴가마저도 엄격한 감독을 받아야 한다. 제아무리 훌륭하고 순수한 성품일지라도 그런 환경에서 한층 더 나빠지고 비뚤어지는 것은 이상한 일이 아니다!"

우리의 선조들은 불규칙성에 대한 관용과 국가의 안전을 양립할 수 없다는 것을 정책의 원리로 규정했다. 그것이 잘못이라는 대단히 그럴 듯한 모든 이유가 가장 현명한 정치인들을 납득시키지 못하듯이, 나 역시 납득시키지 못한다. 불규칙 도형들의 삶이 고단하다는 것은 분명하다. 그러나 훨씬 더 많은 사람들의 이익을 위해 그들은 더욱 힘들어야 할 필요가 있다. 만약 앞모습은 삼각형이고 뒷모습은 다각형인 사람의 존재를 허용하고, 훨씬 더 불규칙한 자손을 퍼트린다면 우리는 어떻게 처신해야 할까? 그런 괴물들에게 편의를 제공하기 위해 플랫랜드의 집과 현관과 교회들을 개조해야 한다는 것일까?

　사람들을 극장에 입장시키거나 강의실에 자리를 정해주기 전에 검표원들이 모든 사람의 둘레를 측정해야만 하는 것일까? 불규칙도형은 군복무에서 제외시켜야 하는 것일까? 만약 그렇게 하지 않는다면, 그가 동료들의 행렬을 무참히 붕괴시키는 것을 어떻게 막을 것인가? 게다가 그러한 존재들에게 반드시 따라다니는 부정한 사기행각을 저지르려는 억제할 수 없는 유혹은 어찌할 것인가?

　일단 다각형 앞모습으로 가게에 들어가 쉽사리 믿는 상인에게 마음껏 물건들을 주문하는 것은 얼마나 쉬울 것인가! 엉뚱하게도 박애주의를 주장하는 자들이 불규칙도형 형법의 폐지에 찬성한다는 호소를 펼친다. 그렇다 해도, 나로서는 위선자이며 인간 혐오자 그리고 온힘을 끌어 모아 모든 악행을 저지르는 가해자가 아니었던 불규칙도형은 한 번도 본 적이 없다. 자연 또한 그들이 그렇게 태어나도록 명확하게 의도했던 것이다.

　나 역시 올바른 각도에서 0.5도 어긋난 유아를 태어나자마자 파괴시키고 있는 일부 주에서 채택 중인 극단적인 조치를 (현재로서는) 권하고 싶지는 않다. 현재 가장 지위가 높고 능력이 뛰어난 진짜 천재들 중의 일부는 어린 시절 동안 45분 정도이거나 심지어는 그보다 더 크게 벗어나 있는 고통을 겪었다. 만약 소중한 그들이 생명을 잃게 되었다면 국가에 돌이킬 수 없는 손해가 되었을 것이다. 치료 기술 또한 압축, 확장, 천공, 결합과 그 밖의 외과적 수술 또는 식이요법의 시행으로 불규칙성은 부분적으로나 전체적으로 치료되는 훌륭한 성공을 거두었다.

그러므로 나는 '중도(中道)'를 주장하면서, 고정되거나 절대적인 경계선을 설정하지는 않을 것이다. 하지만 틀이 이제 막 형성되기 시작했을 때 의료위원회가 회복이 가능하지 않다고 판단한다면 불규칙한 자손은 고통 없이 그리고 자비롭게 없애버릴 것을 제안한다.

8

고대의 채색풍습에 대하여

지금까지의 이야기를 어느 정도 주의 깊게 읽었다면 플랫랜드에서의 삶이 약간은 지루하다는 말에 그리 놀라지는 않을 것이다. 물론 여기에 전쟁, 음모, 반란, 파벌싸움 그리고 역사를 흥미진진하게 만드는 여러 가지 사건들이 전혀 없다는 의미는 아니다. 또한 인생과 수학의 문제들이 기묘하게 혼합되어 지속적으로 억측을 불러일으키고 즉각적인 입증의 기회를 제공하여, 우리들의 생활에 열정을 제공한다는 것을 부정하는 것도 아니다. 그런 열정은 스페이스랜드에 사는 여러분은 거의 이해할 수 없을 것이다. 지금 우리의 삶이 지루하다는 것은 심미적이고 예술적인 관점에서 그렇다는 것이다. 심미적으로나 예술적으로 대단히 지루한 것은 사실이다.

모든 사람이 보는 것과 풍경, 역사적인 작품들, 초상화, 꽃, 정물화와 같은 것들이 밝고 흐릿한 정도를 제외하고는 아무 변화도 없이 그저 하나의 선일뿐이라면 달리 어떻게 말할 수 있을까?

언제나 그랬던 건 아니었다. 전해 내려오는 이야기가 사실이라면, 아주 먼 옛날에 600년 혹은 그 이상의 기간 동안 색깔이 우리 선조들의 삶을 일시적으로 아름답게 만들었던 때가 있었다고 한다. 어떤 개인이 — 여러 가지 이름으로 전해지고 있는 어떤 오각형 — 우연히 간단한 물감의 구성요소와 기초적인 채색 방법을 발견하여 처음에는 자신의 집을 색칠한 다음 노예들을 색칠하고, 또 자신의 아버지와 아들과 손자들 그리고 마지막으로는 자기 자신을 색칠했다고 한다.

색을 칠하고 나자 아름다울 뿐만 아니라 편리하기도 해서 모든 사람들의 마음을 사로잡았다. 크로마티스테스가 — 가장 신뢰할 만한 권위자들은 그를 이렇게 부르기로 합의했다 — 알록달록한 자신의 몸을 돌릴 때마다 사람들은 즉시 주목하면서 관심을 집중시켰다. 이제 아무도 그를 '느낄' 필요가 없었고, 그의 앞모습과 뒷모습을 혼동하지도 않았다. 그의 이웃들은 그의 움직임을 일일이 파악하려고 노력하지 않아도 즉시 확인할 수 있었다. 그와 부딪치는 사람도 없었고 길을 양보하지 못하는 경우도 없었다. 색깔이 없는 우리 사각형이나 오각형들은 무식한 이등변삼각형들의 무리를 헤치고 지나갈 때 우리의 존재를 알리기 위해 줄곧 큰소리로 외쳐야만 했지만, 그는 사람을 지치게 만드는 그런 고단한 노력을 할 필요가 없었다.

유행은 들불처럼 번져나갔다. 일주일이 지나기도 전에 그 지역의 삼각형과 사각형은 모두 크로마티스테스를 그대로 따라했다. 단지 한층 보수적인 소수의 오각형만이 여전히 고집을 피우고 있었다. 한두 달이 지나자 12각형들마저도 이러한 혁신에 사로잡혀 버렸다. 이런 새로운 풍습이 귀족계급의 최고위층을 제외한 모든 사람들에게 널리 퍼지는 데에는 채 1년이 걸리지 않았다. 두말 할 것도 없이 이 풍습은 즉시 크로마티스테스의 구역에서 그 인근 지역으로까지 널리 퍼져 나갔다. 두 세대만에 플랫랜드에서는 여성과 성직자들 외에는 색을 칠하지 않은 사람이 아무도 없었다.

여기에서 자연이 직접 등장하여 장벽을 세우고, 이런 혁신이 여성과 성직자계급으로 확산되는 것을 막았다. 변이 많아야 한다는 것은 개혁가들이 내세우는 구실로는 거의 본질적인 것이었다. "자연이 의도하는 변의 구별은 색깔의 구별을 의미한다." 이것이 당시에 입에서 입으로 전해지면서 모든 도시들을 단번에 새로운 문화로 전환시켰던 궤변이었다. 하지만 명백하게도 우리의 성직자와 여성들에게 이 격언은 적용되지 않았다. 여성들에게는 오직 하나의 변만이 있으므로 (복수형으로 현학적으로 말하자면) '변들이 없다.'

여성들은 변이 없다는 것을 인정하며 한탄했지만, 성직자들은 자신들에게 변이 없다는 것을 자랑하는 버릇이 있었다. 적어도 자신들은 하나의 선으로 된 둘레, 다시 말해 원주(圓周)의 축복을 받고 있는 진정한 동그라미라는 것이었다. 그들은 단순히 무수하게 많은 극히 작은 변들로 이루어진 고위층 다각형과는 다르다고 주장했다. 그래서 이들 두 계급은 이른바 '변의 구별은 색깔의 구별을 의미한다'는 원리에 아무런 영향도 받지 않을 수 있었다. 다른 모든 사람들이 몸에 색을 칠하는 재미에 빠져 있을 때, 성직자와 여성들만은 여전히 채색의 타락에서 벗어나 순수함을 지키고 있었다.

부도덕하고, 음탕하고, 무질서하고, 비과학적이라는 등 그 어떤 식으로 부른다 해도 미적인 관점에서 보면 플랫랜드에서 고대의 색채혁명 시대는 화려한 예술의 유년기였다. 하지만 안타깝게도 성인으로 발전하지도 못하고 청춘의 개화기에도 이르지 못했던 유년기였다. 당시의 삶은 즐거움 그 자체였다. 산다는 것이 본다는 것을 의미했기 때문이었다. 소규모 파티에서도 어울리는 사람들을 바라보는 즐거움이 있었다. 교회나 극장에 모인 엄청나게 다양한 빛깔은 우리의 위대한 선생님들과 배우들의 정신을 심하게 흔들어놓곤 했다고 한다. 하지만 그 무엇보다 가장 황홀했던 것은 말로는 표현하기 어려울 정도로 장엄했던 군대 열병식이었다고 한다.

전열을 갖춘 2만 명의 이등변삼각형이 갑자기 방황을 전환하면서 칙칙한 검정색 밑변을 날카로운 꼭짓점이 포함된 양쪽 변의 오렌지색과 보라색으로 교체하고 ; 빨강, 하양 그리고 파랑의 세 가지 색을 칠한 등변삼각형 시민군 ; 연보라색과 군청색, 치자색 그리고 고동색의 사각형 포병이 신속하게 주홍색 대포 주변을 돌아가고 ; 5색과 6색을 칠한 용감하고 번쩍이는 오각형과 육각형들이 들판을 가로질러 외과의사와 기하학자와 시종무관의 막사로 질주하는 광경이 펼쳐졌다고 한다.

이 모든 것들이 어느 이름난 동그라미가 자신의 명령을 따르는 군대의 예술적인 아름다움에 압도되어 앞으로는 최고사령관의 지휘봉과 왕관을 내버리고 화가의 석필을 대신 들겠다고 선언했다는 유명한 이야기를 믿도록 만들기에 충분했을 것이다.

당시의 심미적인 발달이 얼마나 대단하고 화려했는지에 대해서는 그 시기의 언어와 어휘에서도 부분적으로 엿볼 수 있다. 색채혁명 시대의 가장 평범한 시민들의 가장 흔한 발언들은 보다 풍부한 색조를 띤 단어 또는 생각으로 채워져 있었던 것으로 보인다. 심지어 지금도 우리의 가장 세련된 시와 현대의 보다 과학적인 말씨에 여전히 남아 있는 운율도 모두 그 시대의 은혜를 입고 있다.

9

포괄적인 색채법안에 대하여

하지만 그런 일들이 벌어지고 있는 동안 지적인 기술은 빠르게 쇠퇴하고 있었다.

더 이상 필요하지 않게 된 시각인식 기술은 실행되지 않았다. 기하학, 정역학(靜力學), 동역학(動力學)과 같은 과목들은 이내 불필요하다고 여겨지고 대학에서도 평판이 나빠지면서 경시하게 되었다. 등급이 낮은 느낌의 기술은 초등학교에서도 빠르게 그와 똑같은 운명을 맞이하게 되었다. 그러자 이등변삼각형 계급이 견본은 더 이상 활용되지도 않으며 필요하지도 않게 되었다고 주장하면서, 교육적 편의를 위해 범죄자 계급에서 관습적으로 징발되던 것을 거부했다. 과거에 그들의 야만적인 본성을 억누르고 동시에 과도한 개체수를 줄이는 이중의 유익한 효과를 발휘했던 오래된 부담에서 벗어난 그들은 갈수록 수가 더 많아졌으며 점점 더 무례해졌다.

해가 갈수록 병사와 기술공들은 (더욱더 늘어가는 진실과 함께) 그들과 다각형의 최상류층 계급 사이에 커다란 차이가 없으므로 이제 평등하게 양육되어야 한다고 더욱 격렬하게 주장하기 시작했다. 정지해 있거나 움직이거나 상관없이 간단한 색채인식 과정으로 모든 어려움을 극복하고 모든 문제들을 해결할 수 있다고 주장했다. 그들은 시각인식이 자연스럽게 무시되는 정도로는 만족하지 못했다. 그들은 '독점되어 있는 모든 귀족적인 기술들'의 합법적인 금지에 이어 시각인식, 수학 그리고 느낌의 연구를 위한 모든 재능도 당연히 폐지해야 한다고 강하게 주장했다. 곧이어 그들은 제2의 천성인 색깔이 귀족적인 구별의 필요성을 없애버렸으므로 법도 동일한 경로를 따라야만 한다고 요구했다. 이제부터는 모든 개인들과 모든 계급들이 완벽하게 동등하므로 동등한 권리를 부여받는 것으로 인식해야만 한다는 것이었다.

상류층 계급들이 망설이며 결단을 내리지 못하자 혁명 지도자들은 요구 사항들을 더욱 더 강하게 개진했다. 마침내 성직자와 여성들도 예외 없이, 모든 계급들이 동등하게 색을 칠하는 것으로 색깔에 경의를 표해야만 한다고 요구했다. 성직자와 여성에게는 변이 없다는 반론이 펼쳐졌을 때, 그들은 모든 인간의 앞모습의 반(즉, 눈과 입을 포함하고 있는 반)은 뒷모습의 반과 구별될 수 있어야 한다는 명령은 자연과 편의성에 부합한다고 반박했다. 그래서 그들은 플랫랜드에 속한 모든 주의 주의회와 임시의회에 모든 여성의 눈과 입을 포함한 반은 빨간색으로 나머지 반은 녹색으로 색칠해야만 한다는 법안을 제출했다. 성직자도 동일한 방식으로 색을 칠하여, 눈과 입으로 구성된 중간 지점의 반원에는 빨간색을 적용하고 나머지 즉 후방의 반원은 녹색을 적용해야 한다는 것이었다.

이 법안에는 적지 않는 술책이 담겨 있었다. 그것은 사실 이등변삼각형들이 아니라 어느 불규칙 동그라미가 생각해낸 것이었다. 심하게 퇴화된 이등변삼각형 중에는 그런 정치적 수완의 모범을 생각해내기는커녕 이해할 만한 모서리를 갖춘 존재가 없었기 때문이었다. 그 동그라미는 어린 시절에 파괴되는 대신 어리석은 관대함 덕분에 살아남아 그의 나라를 황폐하게 만들고 무수한 그의 추종자들을 파멸로 이끌었던 것이다.

이 법안에는 한편으로는 모든 계급의 여성들이 색채 혁신을 지지하도록 끌어들이겠다는 의도가 있었다. 성직자들에게 부여되었던 것과 동일한 두 가지 색을 여성들에게 부여하고자 했다. 그렇게 함으로써 혁명주의자들은 모든 여성이 성직자처럼 보이도록 하고 그에 걸맞는 존경과 존중을 받도록 보장하겠다는 입장을 명확하게 밝혔다. 이러한 기대는 여성 전체를 매혹시킬 수밖에 없는 것이었다.

하지만 일부 독자들은 새로운 법률 하에서 성직자와 여성들이 똑같이 보이게 될 수 있다는 사실을 알아차리지 못했을 수도 있다. 만약 그렇다면 조금만 설명하면 명확하게 이해할 수 있을 것이다.

새로운 법에 따라 어느 여성이 충분히 치장했다고 상상해보자, 앞모습의 반(즉, 눈과 입을 포함하는 반)은 빨간색이며 뒷모습의 반은 녹색이다. 이제 그녀를 한쪽 옆면에서 바라보자. 분명 반은 빨간색이며, 반은 녹색인 직선을 보게 될 것이다.

이제 입이 M에 있으며 그로 인해 앞면의 반원(AMB)은 빨간색이지만 뒷면의 반원은 초록색이어서 지름 AB가 녹색과 빨간색을 나누게 되는 성직자를 상상해보자.

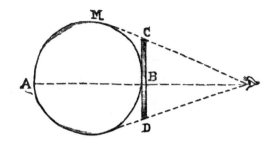

　여러분의 눈을 그를 분할하는 지름(AB)과 동일한 선상에 놓고 이 위대한 인물을 관찰한다면, 반은(CB) 빨간색이며 나머지 반(BD)는 녹색인 직선(CBD)을 보게 될 것이다. 그 선의 길이(CD)는 필시 성인 여성보다 조금 짧을 것이며, 양 끝단이 보다 급격하게 흐릿해질 것이다. 하지만 색깔에 의한 신원 확인은 다른 세부사항들에 대해서는 부주의하게 만든다. 그래서 여러분은 계급은 아니더라도 상대방의 신원에 대한 즉각적인 인상을 받게 될 것이다. 색채혁명의 시대에 사회를 위협했던 시각인식의 몰락을 염두에 두고, 그것에 더해 여성들이 동그라미를 모방하기 위해 자신들의 양 끝단을 흐릿하게 만드는 법을 재빨리 배웠을 것이라는 필연적인 사실도 유념해야 한다. 이제 나의 소중한 독자 여러분은 색채법안이 성직자와 젊은 여성을 혼동하게 만드는 커다란 위험에 빠뜨렸다는 것을 명확히 알게 되었을 것이다.

이런 전망이 연약한 여성에게는 얼마나 매력적이었을지는 쉽게 상상해볼 수 있을 것이다. 그들은 그 결과로 일어나는 혼돈을 기쁜 마음으로 기대했다. 가정에서 그들은 자신들이 아닌 남편과 남자 형제들에게 전달하도록 되어 있는 정치적이며 종교적인 비밀들을 들을 수 있었다. 심지어 성직자인 동그라미의 이름을 빌어 명령을 내릴 수도 있었다. 집밖에서는 다른 색이 전혀 더해지지 않은 빨강과 녹색의 두드러진 조합이 일반인들을 끊임없이 오인하도록 만들었을 것이 분명했다. 또한 여성들은 행인들의 존경을 받는데 있어 이제는 동그라미들이 잃게 되는 것을 모두 차지하게 될 것이 분명했다.

동그라미 계급에게 일어날 추문의 경우, 경솔하고 꼴사나운 여성들의 행위가 그들의 탓으로 돌려지게 된다면, 그로 인한 체제의 전복을 여성들이 신경 쓸 것이라고는 기대할 수 없었다. 심지어 동그라미의 가정에서도 여성들은 모두 보편적인 색채법안에 찬성했다.

법안이 의도했던 두 번째 목표는 동그라미들의 점진적인 타락이었다. 전반적인 지적 쇠락 속에서도 동그라미들은 여전히 타고난 명확함과 이해력을 간직하고 있었다. 그들은 아주 어린 시절부터 색채가 전혀 없는 동그라미 가정에 익숙해져 있었으며, 귀족들만이 그러한 훌륭한 지적 훈련에서 비롯된 모든 장점들과 함께 시각인식의 신성한 기술을 보존하고 있었다. 그러므로 보편적 색채법안이 도입되던 날까지 동그라미들은 자신들만의 장점을 지켜왔을 뿐만 아니라 대중적인 유행을 멀리하면서 다른 계급들에 대한 지도력을 키워왔던 것이다.

그러므로 이제 내가 앞에서 이 극악무도한 법안의 실제 입안자라고 언급했던 교활한 불규칙 동그라미는 즉시 색깔의 오염에 굴복하도록 강요하면서 계급제도(성직자계급)의 위상을 단번에 격하시키기로 결의했다. 동시에 지적 능력을 약화시키기 위해 순수하고 색깔 없는 가정을 꾸리지 못하게 하는 것으로 시각인식 기술을 가정에서 연습할 기회를 파기하도록 결의했다.

일단 색채에 오염되면 동그라미 부모와 자녀들은 모두 서로를 혼란에 빠뜨리게 될 것이다. 단지 아버지와 어머니를 식별하는 것에서도 동그라미 어린이는 이해력을 발휘하는데 문제가 많다는 것을 알게 될 것이다. 즉, 어머니의 사기에 의해 너무나도 자주 오염되기 쉬운 그 문제들은 모든 논리적 결론에서 그 자녀의 믿음을 흔드는 결과로 나타나게 된다. 그래서 성직자계급의 지적 열망은 서서히 약해지면서 그 후로는 모든 귀족 입법부의 전체적인 붕괴와 특권계급의 파괴로 향하는 길이 활짝 열리게 되는 것이다.

10

색채폭동의 진압에 대하여

보편적 색채법안을 위한 선동은 3년간 지속되었다. 그 시기의 마지막 순간에 이르러 마치 무정부 상태의 승리가 예정되어 있는 것처럼 보였다.

마치 병졸들처럼 싸운다는 것으로 밝혀진 다각형 군대는 모두 이등변삼각형의 월등한 군사력에 의해 완전히 궤멸되었다. 그러는 동안 사각형과 오각형은 중립을 지키고 있었다. 설상가상으로 일부 능력 있는 동그라미들이 부부간의 격렬한 다툼으로 희생되었다. 정치적인 증오로 격노하게 된 많은 귀족 가정의 아내들이 색채법안에 대한 반대를 포기하도록 간청하며 남편들을 지치게 만들었다. 그리고 자신들의 간청이 아무 소용이 없다는 것을 알게 된 일부는 천진난만한 자녀들과 남편들을 공격하고 학살하면서 스스로 목숨을 버렸던 것이다. 폭동이 지속되는 3년 동안 23명 이상의 동그라미들이 가정불화로 사망했다는 기록이 전해지고 있다.

실로 대단히 위태로운 상황이었다. 성직자들에겐 마치 굴복과 몰살 외에는 선택의 여지가 전혀 없는 것처럼 보였다. 그 무렵 대중의 동정심에 호소하는 터무니없을 정도의 파괴적인 영향력 때문에, 정치인들이 절대 무시해서는 안 되며 가끔은 기대하고 때로는 꾸며내기도 하는 기발한 한 가지 사건이 갑작스럽게 사건의 진행 방향을 완전히 바꿔버렸다.

지능이 낮고 야비한 어느 이등변삼각형이 그 사건을 일으켰다. 가게에서 훔쳐온 상인의 색깔로 우연히 장난을 치던 그가 적어도 4등급 이상의 색을 자기 몸에 칠하게 되면서 벌어진 사건이었다. 12면체의 12가지 색을 칠했다는 이야기도 있다.

저잣거리에 들어선 그는 어떤 소녀에게 꾸며낸 목소리로 말을 걸었다. 그 소녀는 지체 높은 다각형의 딸로 과거에 사랑을 고백했지만 이루지 못했던 상대였다. 한편으론 거듭된 속임수와 더불어 너무 길어 설명조차 할 수 없는 운 좋은 사건들이 이어졌다.

다른 한편으론 거의 생각조차 할 수 없는 신부 친척들의 어리석음과 부주의로 인해 그는 결혼을 성사시킬 수 있었다. 사기술에 넘어갔다는 사실을 알게 된 그 불행한 소녀는 스스로 목숨을 끊어버렸다.

이런 비참한 사건에 대한 뉴스가 주에서 주로 널리 퍼져나가자, 여성들은 격하게 흥분했다. 비참한 희생양에 대한 동정심과 자신들과 자매들과 딸들도 그와 유사한 사기술에 걸려들 수 있다는 생각에 그들은 이제 색채법안을 전혀 새로운 각도로 보기 시작했다. 적지 않은 수의 여성들이 공공연히 반대론으로 돌아섰음을 밝혔다. 나머지 사람들도 약간의 자극만으로도 그와 비슷하게 공언하며 돌아설 수 있게 되었다. 이런 우호적인 기회를 잡게 된 동그라미들은 급히 서둘러 임시국회를 소집했으며, 통상적인 간수들 외에도 수많은 반대파 여성들도 참석하도록 했다.

전례 없이 많은 군중에 둘러싸인 당시의 우두머리 동그라미가 (이름은 팬토시클루스였다) 자리에서 일어나자 12만 명의 이등변삼각형들이 소리를 질러대며 야유했다. 하지만 그는 앞으로 동그라미들은 양보정책을 시작할 것이라 선언하는 것으로 그들을 조용히 시켰다. 즉, 다수의 희망에 따라 색채법안을 받아들이겠다는 것이었다. 소란은 즉시 환호성으로 바뀌었다. 그는 추종자들을 대신하여 성직자계급의 제안을 전달받도록 폭동의 지도자인 크로마티스테스를 공회당의 중앙으로 나오도록 했다. 그리고 나서 연설이 이어졌다. 웅변술의 걸작이라 할 그 연설을 마치는데 거의 하루가 걸렸으며, 어떻게 요약하더라도 그 내용을 올바르게 전달할 수는 없을 것이다.

그는 공명정대하고 진지한 표정으로 이제는 최종적으로 개혁 또는 혁신을 받아들이기로 했다고 선언했다. 그러므로 사안 전반의 한계에 대해 그 장점은 물론 결점들에 대해 마지막으로 한 번쯤은 검토하는 것이 바람직하다고 했다. 서서히 상인과 전문가계급 그리고 신사들을 향한 위험들을 소개하면서, 그는 이러한 모든 결점들에도 불구하고 만약 다수가 승인한다면 법안을 기꺼이 받아들이겠다고 다짐하는 것으로 점점 높아가던 이등변삼각형들의 불만을 가라앉혔다. 하지만 이등변삼각형을 제외한 모두가 그의 연설에 감동을 받아 법안에 대해 중립을 지키거나 반대하게 되었다는 것은 분명했다.

이번에는 노동자들을 향해, 그들의 이익이 무시되어서는 안된다고 주장하면서 만약 그들이 색채법안을 받아들이려 한다면, 적어도 그 결과에 대한 충분한 검토를 거쳐 결정해야만 한다고 했다. 그들 중의 다수는 정삼각형의 계급으로 공인받기 직전에 있으며, 그 외의 사람들은 자신이 기대할 수 없는 명예를 자녀들이 얻기를 기대하고 있다고 했다.

그 명예로운 포부를 이제 포기해야만 하는 것이다. 색채의 보편적인 채택과 함께 모든 구분들은 멈추게 될 것이며, 규칙성은 불규칙성과 혼동될 것이며, 발달은 퇴보로 대체될 것이며, 노동자계급은 몇 세대가 지나면 군인계급이 되거나 심지어는 범죄계급으로 퇴보하게 될 것이다. 정치권력은 그 수가 가장 많은 집단 즉 범죄계급에게 넘어가게 되며, 그들은 이미 노동자계급보다 더 많으며, 자연의 통상적인 보상법칙을 어기게 되면, 곧 다른 모든 계급을 합친 수보다 더 많아질 것이다.

억눌려 있던 찬성의 웅성거림이 기술공계급 사이로 퍼져나가자 깜짝 놀란 크로마티스테스는 앞으로 나서며 연설을 하려고 했다. 하지만 그는 곧 경비병들에게 둘러싸여 우두머리 동그라미가 여성들을 향해 열정적으로 마지막 호소를 하는 동안 침묵을 지켜야만 했다.

우두머리 동그라미는 색채법안이 통과된다면 앞으로 그 어떤 결혼도 안전하지 못할 것이며, 여성들의 명예도 지켜질 수 없다고 주장했다. 사기와 속임수와 위선이 모든 가정에 퍼지게 될 것이며, 가정의 행복은 헌법의 운명과 함께 빠르게 파멸될 것이라고 했다. 그는 그보다 먼저 '죽음이 찾아올 것'이라고 외쳤다.

사전에 약속해놓은 행동신호인 이 외침을 듣자 이등변삼각형 죄수들이 비열한 크로마티스테스에게 달려들어 꼼짝 못하게 붙들었다. 규칙도형계급은 길을 열어 여성들의 무리가 지나갈 수 있도록 했다. 여성들은 동그라미들의 지휘 아래 뒷면을 앞으로 하여 눈치채지 못하고 있던 병사들을 향해 눈에 띄지 않고 확실하게 이동했다. 기능공들도 동그라미들의 본보기를 모방하여 길을 열어주었다. 그동안 죄수들의 무리는 지나다닐 수 없는 밀집대형을 이루어 모든 출입구를 장악했다.

차라리 학살이라 할 그 전투는 단기간 내에 벌어졌다. 동그라미 계급의 능숙한 지휘 아래 거의 모든 여성들의 공격은 치명적이었다. 많은 여성들이 손상되지 않은 채 찌르고 나서 두 번째 살육을 준비했다. 하지만 두 번째 공격은 필요 없었다. 이등변삼각형 오합지졸들 스스로가 서로를 죽였던 것이다. 깜짝 놀란 그들은 지도자도 없는 상태에서 정면으로는 보이지 않는 적들의 공격을 받았다. 후방의 탈출구는 이미 죄수들이 차단했다는 것을 알아차린 그들은 그 즉시 (그들답게) 제정신을 잃고 '배신이다'라고 고함을 질러댔다.

이렇게 그들의 운명은 결정되었다. 모든 이등변삼각형은 이제 모든 곳에서 적을 보고 느끼게 되었다. 30분이 지나자 그 많던 무리들 중에 단 한 명도 살아남지 못했다. 서로를 찔러 죽인 범죄자 계급 14만 명의 잔해가 체제의 승리를 입증했다.

동그라미들은 머뭇거리지 않고 승리를 확실히 굳혔다. 그들은 노동자들을 살려두었지만 제비뽑기를 통해 10명 중 한 명은 죽이기로 했다. 등변형의 시민군들이 즉시 소집되었다. 합리적인 근거로 불규칙성이 의심되는 모든 삼각형은 사회부의 엄밀한 측정을 거치는 정식 절차 없이 군법회의를 거쳐 처형되었다.

군인과 기능공계급의 집은 거의 1년 동안 순시를 통해 세밀하게 조사를 받아야 했다. 그 기간 동안 모든 도시와 마을 그리고 부락은 초과하는 하층계급을 체계적으로 추방했다. 그런 하층계급은 학교와 대학에 범죄자의 기부를 게을리하고 플랫랜드 헌법에 명시된 그 밖의 자연법칙을 위반하면서 형성된 것이었다. 그렇게 해서 계급들 간의 균형은 다시 회복되었다.

당연하게도 그 이후로는 색깔의 사용은 폐지되었으며, 소유도 금지되었다. 동그라미 계급이나 자격을 갖춘 과학교사 외에는 색깔을 의미하는 그 어떤 단어를 입밖에 내는 것도 가혹한 처벌을 받게 되었다. 오직 대학에서만 가장 어려운 문제를 다루는 가장 비밀스러운 수업에서 — 나 자신도 참석할 특권을 가져본 적이 없는 — 색깔의 제한적인 사용은 여전히 수학의 심오한 일부 문제들을 설명할 목적으로 허락받는 것으로 알려져 있다. 하지만 이것도 나는 그저 소문으로만 들었던 이야기일 뿐이다.

이제 플랫랜드의 그 어디에도 색깔은 존재하지 않는다. 색깔을 만드는 방법은 현재로선 우두머리 동그라미 단 한 사람만이 알고 있다. 그리고 그가 죽음을 맞이할 때 오직 그의 계승자에게만 직접 전수한다. 공장 한 곳에서만 색깔을 만들어낼 수 있으며 그 비법이 누설되지 않도록 그곳의 노동자들은 해마다 제거되고 새로운 노동자들로 다시 채워진다. 지금까지도 우리의 귀족사회는 보편적 색채법안을 향한 선동이 있었던 아주 오래 전의 그 시절을 돌아보면서 엄청난 공포에 휩싸인다.

11

성직자에 대하여

이제 플랫랜드에 대한 짧고도 산만한 기록들로부터 이 책의 중심적인 내용으로 넘어갈 때가 되었다. 내가 스페이스(공간)의 불가사의로 입문하게 된 그 사건이 나의 중심주제이다. 앞에서 소개했던 것들은 모두 이 이야기의 서문일 뿐이다.

자화자찬을 조금 하자면, 이런 이유로 나의 독자들이 관심이 없지 않았을 많은 문제들에 대한 설명을 생략해야만 했다. 예를 들자면, 발이 없으면서도 우리가 앞으로 걸어가고 멈추는 방법; 당연하게도 우리에겐 손이 없고, 여러분처럼 기초를 쌓을 수도 없으며, 땅의 측압을 활용할 수 없으면서도 목재와 석재 또는 벽돌 구조물을 고정시키는 수단들; 다양한 지역에서 비가 시차를

두고 내리기 시작해 북부지역이 남부지역에 내리는 습기를 차단하지 않도록 하는 방법; 구릉지대와 광산들, 나무와 채소들, 계절과 수확물들; 우리의 알파벳과 길쭉한 서판(書板)에 글을 쓰는 방법과 같은 것이 있다. 그밖에도 구체적인 생활방식과 관련된 수많은 것들에 대한 상세한 설명은 지나쳐야만 했다. 또한 그런 내용들을 누락시킨 것이 부주의해서가 아니라 독자들의 시간을 배려하기 위한 것이었다는 것 외에는 언급하지 않겠다.

본격적으로 주제를 다루기에 앞서, 독자들은 분명 플랫랜드 체제의 중심축이며 대들보, 우리 행동의 지배자이며 우리 운명을 결정하며, 보편적인 존경의 대상이며 거의 숭배의 대상인 사람들에 대해 몇 가지 최종적인 언급을 기대하고 있을 것이다. 우리들의 동그라미 즉 성직자들에 대한 이야기다.

내가 그들을 성직자라고 부를 때, 단지 여러분이 사용하는 그 용어를 의미하는 것으로 받아들여서는 안 된다. 우리에게 성직자는 모든 사업과 예술 그리고 과학의 관리자이며, 무역과 상업, 용병술, 건축, 공학기술, 교육, 정치, 입법, 도덕, 신학의 지도자로, 직접 어떤 일을 하지는 않으며, 다른 사람들이 하는 가치 있는 모든 일의 원인이다.

비록 일반적으로 모든 사람이 동그라미라고 부르는 것을 동그라미라고 생각하겠지만, 더욱 많은 교육을 받은 계급들 사이에서는 그 어떤 동그라미도 실제로는 동그라미가 아니며, 단지 매우 짧은 변들이 아주 많은 다각형일 뿐이라는 것을 알고 있다. 변들의 수와 비례하여 다각형은 동그라미에 가까워진다. 예를 들어, 그 수가 300개나 400개로 아주 많아진다면 가장 예민한 촉감으로도 다각형의 각들을 구별하는 것은 대단히 어렵다.

오히려 '어려울 것'이라고 말하는 것이 더 낫겠다. 앞에서 언급했듯이 상류층은 느낌에 의한 인식을 모르고 있으며, 동그라미를 '느끼는' 것은 가장 무례한 모욕으로 여겨지기 때문이다. 상류사회에서 느끼는 것을 삼가는 관행은 동그라미가 보다 쉽게 비밀의 장막을 유지할 수 있도록 해준다.

어린 시절부터 동그라미는 자신의 둘레 즉 원주의 정확한 본질을 줄곧 감추어 왔다. 평균 둘레가 3피트이므로 각 변은 길이가 100분의 1 피트를 넘지 않거나 10분의 1인치보다 약간 길며, 600~700개의 변이 있는 다각형의 변들은 스페이스랜드 옷핀 대가리의 직경보다 약간 클 것이다. 관례적으로 우두머리 동그라미에게는 언제나 만 개의 변이 있는 것으로 추정한다.

자연의 법칙에 따라, 사회계급에서 신분이 낮은 규칙도형 계급들은 각 세대마다 변이 하나씩 늘어나도록 제한된다. 반면에 동그라미 자손들의 신분상승에는 아무런 제한이 없다. 실제로 그렇다면, 동그라미의 변의 수는 그저 혈통과 산수의 문제일 뿐이지만, 정삼각형의 497대 후손은 반드시 500개의 변이 있는 다각형이 되는 것이다.

하지만 실제로는 그렇지 않다. 자연의 법칙에는 동그라미의 번식에 영향을 끼치는 두 가지 상반되는 법령이 규정되어 있다. 첫째, 그 종족의 발달 등급이 더 높아질수록 발달은 더욱 빠른 속도로 진행되어야 한다. 둘째, 그와 동일한 비율로 그 종족은 자식을 더 적게 낳아야만 한다. 그 결과로 변이 400~500개인 다각형의 가정에는 아들이 거의 없으며, 한 명 이상인 경우는 전혀 없다. 반면에 변이 500개인 다각형의 아들은 550개 또는 심지어 600개의 변이 있는 것으로 알려져 있다.

기술 또한 더욱 높은 단계의 진화과정에 도움이 되고 있다. 우리나라의 의사들은 상류계급의 다각형 유아의 작고 부드러운 변들은 쉽게 부러뜨릴 수 있어서, 때로는 몸 전체를 변이 200~300

개인 다각형으로 정확하게 재조립할 수 있다는 것을 발견했다. 그 과정이 매우 위험하기 때문에 언제나 그럴 수 있는 것은 아니지만 때로는 단번에 200~300 세대를 뛰어넘어 조상들의 수와 혈통의 귀족성을 두 배로 늘리게 된다.

이 과정에서 전도유망한 어린이들이 많이 희생되었다. 10명 중 한 명 정도가 간신히 살아남았다. 그러나 거의 동그라미 계급에 다가가 있던 부모들의 열망이 너무 강했다. 그래서 그 정도의 사회적 지위에 있는 귀족 중에서 자신의 첫째 아들을 한 달이 되기도 전에 동그라미 신치료법 김나지움에 맡기지 않는 사람은 찾아보기 어려웠다.

1년이면 성공과 실패가 결정된다. 이 기간이 끝날 무렵이면 어린이는 십중팔구 비석이 빽빽이 들어찬 신치료법 공동묘지에 자신의 비석 하나를 더하게 될 뿐이다. 그러나 아주 드문 경우이기는 하지만 적어도 관례에 따라 더 이상 다각형이 아니라 동그라미가 된 어린이를 환희에 찬 부모의 품으로 돌려주는 즐거운 행사가 열린다. 엄청난 행운의 결과인 이런 단 하나의 사례가 수많은 다각형 부모들을 동일하지 않은 결과가 수반되는 유사한 가정의 희생양을 기꺼이 바치도록 만들었다.

12

성직자의 교리에 대하여

동그라미의 교리는 한 가지 격언으로 간명하게 요약될 수 있다. "너의 형태에 집중하라." 정치든 종교든 도덕이든 상관없이, 그들의 가르침은 모두 개인적이거나 집단적인 형태의 개선을 그 목표로 삼는다. 동그라미의 형태로 나아가는 방식에 대한 특별한 기준이 있으며, 다른 목표들은 모두 이 기준에 종속된다.

동그라미들의 장점은 오래된 이교신앙들을 효과적으로 억눌렀다는 것이다. 이교신앙들은 인간의 품행이 의지와 노력, 훈련, 격려, 칭찬 또는 형태가 아닌 다른 것에 좌우된다는 헛된 믿음에 정력과 공감을 허비하도록 만들었다.

인류에게 처음으로 형태가 사람을 만든다는 것을 깨닫게 한 사람은 판토사이클루스였다. 앞에서 언급했듯이 그는 색채혁명의 진압자로 이름을 떨친 동그라미다. 예를 들어, 만약 당신이 균일하지 않는 두 개의 변이 있는 이등변삼각형으로 태어났는데, 그 변들을 균일하게 만들지 않는다면 분명히 잘못된 길로 빠지게 될 것이다. 변들을 균일하게 만들려면 이등변삼각형 병원을 찾아가야만 한다.

이와 비슷하게 만약 당신이 삼각형이나 사각형 또는 다각형일지라도 조금이라도 불규칙하게 태어났다면 그 질병을 치료하기 위해 규칙도형 병원에 입원해야만 한다. 입원하지 않는다면 국가 교도소나 사형집행인의 각에 찔려 생을 마치게 된다.

판토사이클루스는 미미하게 잘못된 행실에서부터 가장 파렴치한 범죄에 이르는 모든 잘못과 결함을 신체 형태의 완벽한 규칙성에서 벗어났기 때문이라고 간주했다. 그리고 (타고난 것이 아니라면) 어쩌면 군중 속에서 충돌에 의해, 운동을 게을리한 것에 의해 또는 지나친 운동에 의해, 심지어는 기온의 갑작스러운 변화에 의해 신체의 매우 민감한 부분에 수축이나 팽창이 발생한 것이라고 간주했다. 그러므로 유명한 철학자는 선행이나 악행은 모두 그 어떤 진지한 평가에서도 칭찬하거나 비난할 일이 아니라는 결론을 내렸다. 예를 들어, 당신은 왜 실제로는 오히려 직사각형의 정확함을 칭찬해야 할 때, 자기 고객의 이익을 충실하게 지키는 사각형의 성실함을 칭찬하는가? 또는 그의 변들의 교정할 수 없는 불균형을 한탄해야 할 때, 왜 손버릇이 나쁜 이등변삼각형이 거짓말을 한다고 비난하는가?

이론적으로 이 교리는 흠잡을 데가 없지만 실질적인 결함들이 있다. 이등변삼각형을 다루는데 있어, 만약 어떤 불량배가 자신의 불균형 때문에 도둑질을 하지 않을 수 없었다고 항변한다면 당신은 바로 그 이유 즉, 그가 이웃에게 골칫거리가 될 수밖에 없기 때문에 치안판사인 당신은 사형을 시킬 수밖에 없다고 대답하게 된다. 그리고 그 문제는 그렇게 끝이 난다. 하지만 사소한 가정의 다툼에서 사형 또는 죽음의 형벌은 전혀 불가능하며, 이러한 형태의 원리는 시시때때로 거북스럽게 나타난다.

가끔 나의 육각형 손자들이 나에게 복종하지 않았던 이유로 갑작스러운 기후의 변화로 자신의 둘레가 견디지 못해서 벌어진 일이라고 변명하면서 자신이 아니라 자신의 형태에 벌을 내려야 한다고 주장했다는 것을 고백해야겠다. 그것은 오직 고급스러운 사탕과자를 많이 먹어야 강화될 수 있다는 손자의 결론을 나로서는 논리적으로 거부할 방법도 없었지만, 현실적으로 받아들일 수도 없었다.

나로서는 좋은 말로 타이르거나 바로잡아 은연중에 손자의 형태를 강화해주는 것이 최선이라고 생각하게 되었다. 그렇게 생각하는 근거가 없다는 것은 인정한다. 어쨌든 이런 고민거리를 해결하는 방법을 나만 활용하는 것은 아니었다.

재판관으로 법정에 앉아 있는 많은 고위층 동그라미들도 규칙도형과 불규칙도형에게 칭찬과 비난을 활용하고 있다는 것을 알게 되었기 때문이다. 그리고 내가 직접 경험해서 알고 있는 것도 있다. 집에서 자녀들을 꾸짖으면서 그들은 '옳음'과 '그름'에 대해 격렬하고 열정적으로 말한다. 그건 마치 이러한 평판들이 실제로 존재하며, 그 두 가지 중에서 인간의 형태를 선택할 수 있다고 믿고 있는 것만 같았다.

시종일관 형태의 형성이라는 자신들의 정책을 모든 사람에게 주된 생각으로 실행하면서도, 동그라미들은 스페이스랜드에서 부모와 자식 간의 관계로 규정하고 있는 그 율법의 본질을 뒤엎고 있는 것이다.

여러분의 자녀들은 부모를 공경하도록 배운다. 우리의 경우 ― 보편적인 존경의 주요 대상인 동그라미 다음인 ― 손자가 한 명 있다면 손자를 존중하고 만약 없다면 아들을 존중해야 한다고 배운다. 하지만 '존중'은 결코 '방종'을 의미하지는 않는다. 오히려 그들의 가장 큰 이익을 위해 경건하게 배려하는 것이다. 그리고 동그라미들은 아버지의 의무는 자신들의 이익을 후손들에게 종속시키는 것이며, 그것으로 직계자손들의 행복은 물론 국가 전체의 행복을 증진시키는 것이라고 가르친다.

나처럼 변변찮은 정사각형이 감히 동그라미의 형태에 포함된 약한 요소에 대해 말해도 된다면, 이 동그라미 체제의 약점은 여성과의 관계에서 드러나는 것으로 보인다.

불규칙도형의 출생을 억제하는 것은 우리 사회에서 가장 중요한 일이었다. 그러므로 자신의 자손이 규칙도형 계급으로 상승하기를 원한다면, 조상들 중에 조금이라도 불규칙성이 있는 여성이라면 적절한 배우자가 될 수 없다.

남성의 불규칙성은 측정을 통해 알아볼 수 있지만, 여성들은 모두 직선이므로 외형상으로는 규칙도형이라 말할 수 있다. 그러므로 내가 보이지 않는 불규칙성이라고 했던 것을 확인할 다른 수단들을 만들어내야 한다. 말하자면, 자손들에게 나타날 가능성이 있는 잠재적인 불규칙성이다. 이것은 조심스럽게 간직한 가계도에 의해 확인된다. 가계도는 국가에 의해 보존되고 관리되고 있으며, 검증된 가계도가 없다면 어떤 여성도 결혼을 인정받을 수 없다.

이제 동그라미는 — 조상을 자랑스러워하고 장차 우두머리 동그라미를 배출할 가능성이 있는 자손에 신경을 쓰는 — 다른 누구보다 가문에 흠이 없는 아내를 선택하는데 더욱 조심스러워한다고 생각할 것이다. 하지만 실제로는 그렇지 않아서, 규칙도형 아내를 선택하는데 대한 관심은 사회 계급이 높아질수록 줄어드는 것으로 보인다.

등변형 아들을 낳기를 희망하는 야심에 찬 이등변삼각형을 조상들 중에 단 하나의 불규칙성이라도 있다고 생각되는 아내를 맞이하도록 이끄는 것은 아무것도 없다. 자신의 가문이 지속적으로 상승하고 있다고 확신하는 사각형이나 오각형은 500세대 이상은 따지지 않는다. 심지어 육각형이나 12변형은 아내의 가계에 대해 더욱 관심이 없다. 하지만 어떤 동그라미는 일부러 불규칙한 고조할아버지가 있었던 아내를 맞이했다고 알려져 있다. 약간 더 밝게 빛났기 때문이거나 차분한 목소리가 매력적이기 때문이었다. 차분한 목소리는 여러분보다 우리가 더 '여성에게 있어 훌륭한 일'로 생각한다.

예상할 수 있듯이 그러한 사려 깊지 못한 결혼은 만약 긍정적인 불규칙도형이나 변의 감소라는 결과로 나타나지 않는다면, 아이를 낳지 못하게 된다. 하지만 이러한 악폐들은 지금까지 전혀 충분하게 방지되지 않고 있는 것으로 밝혀졌다.

고도로 발달한 다각형이 몇 개의 변을 잃는 것은 쉽게 알아차리지 못한다. 그리고 앞에서 설명했듯이 때로는 신치료법 김나지움에서 성공적인 수술로 보충할 수도 있다. 그리고 동그라미는 지나치게 우월한 발달의 법칙으로 인해 불임을 지나치게 묵인하는 경향이 있다. 하지만 만약 이런 악폐가 억제되지 않는다면, 동그라미 계급의 점진적인 감소는 머지않아 보다 더 빨라질 것이다. 그로 인해 더 이상 우두머리 동그라미를 배출하지 못하게 되어 플랫랜드의 체제가 붕괴되는 때가 아주 멀지도 않은 것이다.

비록 해결책이라고 선뜻 말할 수는 없지만, 또 다른 경고의 말 한마디가 떠오른다. 이것 또한 여성들과의 관계와 관련된 것이다.

약 300년 전에 우두머리 동그라미는 여성들이 생각은 부족하지만 감정은 풍부하기 때문에 더 이상 이성적으로 대우하거나 지적인 교육도 받아서는 안 된다고 판결했다. 그 결과로 여성들은 읽는 것은 물론 자기 남편이나 자식의 각을 셀 수 있을 정도의 산수마저도 배우지 못하게 되었다. 그로 인해 그들은 각자의 세대를 거치면서 지적능력이 눈에 띄게 퇴보했다. 그리고 여성의 무교육 또는 정적주의(무저항주의) 체제는 여전히 널리 보급되어 있다.

내가 두려워하는 것은, 훌륭한 의도에도 불구하고, 이 정책은 남성에게 해가 되는 반작용이 나타날 정도로 진행되어 왔다는 것이다.

현재 일어나고 있는 일들에서 알 수 있듯이, 그 결과로 남성들은 일종의 이중언어를 사용해야만 한다. 나로서는 거의 이중적인 정신생활이라고 말할 수도 있겠다.

여성들과 함께 있을 때, 우리는 '사랑', '의무', '옳음', '그름', '동정', '희망'과 그 밖의 전혀 실재하지 않는 비합리적이며 감성적인 개념들을 이야기한다. 그렇게 꾸며댄 말들은 여성적인 활력을 통제하려는 것 외의 다른 목적은 전혀 없다. 하지만 남성들 사이에서 그리고 책 속에서 우리는 전혀 다른 어휘를 사용하고 있다. 거의 방언이라 할 수 있을 정도이다. 그래서 '사랑'은 '은혜에 대한 기대'가 되었고, '의무'는 '숙명' 또는 '타당성'이 되었으며 다른 단어들은 이와 유사한 방식으로 변형되었다.

게다가 여성들과 함께 있을 때, 우리는 여성에 대한 최고의 복종을 암시하는 언어를 사용한다. 그리고 여성들은 우두머리 동그라미도 자신들보다 더 경건한 숭배를 받지는 못한다고 굳게 믿고 있다. 하지만 그들의 등 뒤에서 여성들은 — 아주 어린사람을 제외하고는 모두 다 — '분별없는 유기체들'보다 약간 더 나은 존재라고 여겨지며 또 그렇게 언급되고 있다.

또한 여성들의 기도실에서 우리의 신학은 다른 곳에서의 신학과 전혀 다르다.

이제 내가 조심스럽게 걱정하는 것이 있다면, 생각은 물론 언어에 있어 이런 이중의 훈련은 젊은이에게 지나치게 무거운 짐을 부과한다는 것이다. 특히 세 살이 되면 그들은 어머니의 보호에서 벗어나 옛 언어를 잊어버리고 — 그들의 어머니와 유모가 있는 곳에서 그것을 반복해 사용하려는 목적을 제외하고는 — 과학 어휘와 방언을 익히도록 배운다. 나는 현재의 수학적 진실에 대한 이해는 이미 300년 전 우리 선조들의 보다 확고했던 지성과 비교해 약화되었다고 생각한다.

만약 어느 여성이 은밀하게 읽는 것을 배워 여성들에게 대중적인 책 한 권을 정독하고 그 결과를 전달할 경우에 나타날 수 있는 위험을 말하는 것이 아니다. 또한 어느 어린 남성의 경솔함 또는 불복종으로 인해 논리적인 방언의 비밀을 어머니에게 드러내게 될 가능성에 대해서 말하고 있는 것도 아니다. 남성의 지성을 약화시킨다는 단순한 근거에서 나는 조심스럽게 최고 권위자들에게 여성 교육에 대한 규정들을 다시 생각해달라는 호소를 하고 있는 것이다.

제2부 **다른 세상들**

"오 멋진 신세계여. 그곳에 사람들이 살고 있구나!"

13

꿈속에서 본 라인랜드

우리 연대의 1999번째 해의 끝에서 두 번째 날이면서, 긴 휴가가 시작되는 첫째 날이었다. 늦은 시간까지 내가 좋아하는 기하학 놀이를 즐기다 잠자리에 들었다. 풀지 못한 문제가 머릿속에 남아 있어서였는지 그날밤에 꿈을 꾸었다.

내 앞에 엄청나게 많은 짧은 직선들이(나는 당연히 여성들일 것이라 생각했다) 그보다 더 작고 반짝이는 점처럼 보이는 다른 존재들 사이에 흩어져 있는 것을 보았다. 모두 함께 똑같은 직선 위를 앞뒤로 그리고, 내가 판단하기로는, 동일한 속도로 움직이고 있었다.

내가 보는 라인랜드의 모습

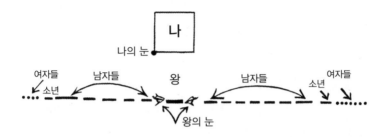

점 외에는 아무것도
볼 수 없다는 것을 나타내기 위해
왕의 눈을 실제보다 훨씬 크게 그렸다.

움직이는 동안에 그들은 여기저기에서 새들이 지저귀는 듯한 애매한 소리를 냈다. 하지만 가끔씩 움직임을 멈추었고, 그러면 사방이 고요해졌다.

여성일 것이라 생각했던 그들 중 가장 긴 직선에게 다가가 말을 걸었지만 아무런 대답도 없었다. 두세 번에 걸쳐 말을 걸어보았지만 전혀 소용이 없었다. 너무 무례하다고 생각한 나는 참을 수가 없었다. 움직임을 멈추게 하려고 그녀의 입 앞에 바짝 다가가 큰소리로 다시 물어보았다.

"부인, 무엇 때문에 이렇게 모인 겁니까? 이 이상하고 혼란스러운 소리는 무엇이고, 모두가 똑같은 직선 위에서 앞뒤로 반복해서 움직이는 건 어떤 의미입니까?"

"나는 여자가 아니오."

그 짧은 선이 대답했다.

"나는 이곳의 군주요. 당신은 어찌하여 내 영토인 라인랜드에 들어와 있는 거요?"

이런 퉁명스러운 대답을 듣고서, 나는 '제가 전하를 놀라게 했거나 성가시게 했다면 부디 용서해주십시오'라고 사과했다. 그리고 나를 이방인이라고 소개한 후, 그의 영토를 소개해달라고 간청했다. 하지만 정작 내가 가장 알고 싶었던 문제들에 대한 답변을 듣기는 무척이나 어려웠다. 왕은 자신이 잘 알고 있는 것이라면 나도 당연히 알고 있어야만 하며, 내가 모르는 척하며 장난을 치고 있다고 생각했기 때문이었다. 하지만 끈기 있게 물어본 결과 다음과 같은 사실들을 알아내게 되었다.

이 가련하고 무지한 왕은 — 스스로 자신을 그렇게 불렀다 — 자신의 왕국이라 부르며 살고 있는 그 직선만이 이 세상의 전부이며, 심지어 우주라고 확신하고 있었다. 자신의 직선 외에는 볼 수도 없고 이동할 수도 없는 그에겐 직선 밖에 있는 것들에 대해서는 아무런 개념도 없었다. 내가 처음으로 말을 걸었을 때, 그는 분명히 내 목소리를 들었지만, 자신의 경험과는 전혀 다른 방식으로 목소리가 전달되었으므로 아무 대답도 하지 못했던 것이다. 그는 '아무도 보지 못했으며, 나의 내부에서 들려오는 듯한 소리를 들었다'고 했다. 내 입이 자신의 세상에 나타났던 그 순간까지 나를 보지도 못했으며, 혼란스럽게 울리는 소리 외에는 아무 소리도 듣지 못했던 것이다.

그 소리는 그의 측면에서 들려오는 것이었지만 그는 자신의 '내부' 또는 '위장'에서 울리는 소리라고 했다. 게다가 그는 지금도 내가 떠나온 지역에 대해 전혀 모르고 있다. 그의 세상 또는 선 바깥에 있는 모든 것이 그에게는 공백이었다. 아니, 공백은 공간을 의미하는 것이니 공백이라 부를 수도 없겠다. 그러니 선 바깥에는 아무것도 존재하지 않는다고 믿고 있는 것이다.

남성은 짧은 선이고 여성은 점인 그의 백성들은 모두 그들의 세상인 그 직선 내에서만 움직이고 볼 수 있었다. 당연하게도 그들의 지평선은 점 하나로 제한되어 있으며, 점 외에는 아무것도 볼 수 없었다. 라인랜드 사람들의 눈에는 남성과 여성, 어린이와 사물들이 모두 하나의 점이었다.

오직 목소리만으로 성별이나 나이를 구별할 수 있었다. 더 나아가, 각 개인들이 자신의 우주라 할 좁은 통로를 전부 차지하고 있으므로, 행인에게 길을 양보하기 위해 오른쪽이나 왼쪽으로 움직일 수도 없었다. 그래서 라인랜드의 주민들은 아무도 다른 사람을 지나쳐갈 수가 없다. 한번 이웃이 되면 언제까지나 이웃인 것이다. 그들에게 이웃은 우리의 결혼과 같은 것이다. 이웃은 죽음이 갈라놓을 때까지 이웃으로 남아 있게 된다.

하나의 점만 볼 수 있고, 하나의 직선에서만 움직여야 하는 그런 삶이 내게는 무척이나 지루하게 보였다. 왕이 활발하고 쾌활하다는 것을 알게 된 나는 깜짝 놀랐다. 그처럼 가족관계도 유지하기 어려운 환경에서 부부생활의 즐거움을 느낄 수 있을지 알고 싶었지만 너무 미묘한 문제인 것 같아 물어보기를 망설였다. 하지만 결국 그의 가족에 대한 안부를 물어보는 것으로 질문을 시작했다. 그는 이렇게 대답했다.

"나의 아내들과 아이들은 건강하고 행복하다오."

그의 이런 대답에 망설이다가 — (라인랜드로 들어서기 전에 꿈속에서 알아차렸듯이) 왕의 옆에는 남성들만 있었기 때문이었다 — 나는 과감하게 반문했다.

"죄송합니다만, 저로서는 폐하께서 언제 왕비들을 보거나 다가갈 수 있는지 상상조차 할 수 없습니다. 폐하와 그분들 사이에는 꿰뚫어볼 수도 없고 지나쳐갈 수도 없는 사람이 적어도 여섯 명이나 있지 않습니까? 라인랜드에서는 가까이 있지 않아도 결혼과 자녀의 출산이 가능하다는 것입니까?"

"어떻게 그토록 어리석은 질문을 할 수 있단 말이오?" 왕이 대답했다. "만약 세상일이 당신의 말처럼 된다면, 얼마 지나지 않아 이 우주엔 아무도 없게 될 것이오. 아니오, 전혀 그렇지 않아요. 마음을 합치기 위해 가까이 있어야 할 필요는 없소. 자녀의 출생은 너무나도 중요한 문제여서 가까이 있어야 한다는 그런 우연에 의존할 수는 없는 것이오. 당신도 이것을 모르지는 않을 것이오. 하지만 모르는 척하는 걸 즐기고 있는 것 같으니, 당신을 라인랜드의 갓난쟁이라 생각하고 가르쳐주도록 하겠소. 먼저 결혼은 소리를 내는 능력과 청각을 통해 이루어진다는 것을 알아야 합니다."

"눈이 두 개 있는 것처럼 모든 남자에겐 입이 두 개가 있으며 목소리도 두 가지가 있다는 건 당신도 당연히 알고 있을 것이오. 남자의 양쪽 끝 중 한쪽에서는 베이스음을 내고 다른 한쪽에서는 테너음을 내게 되어 있지. 이 말은 하지 않으려 했는데, 우리가 대화를 나누던 중에 당신의 테너음은 알아차릴 수가 없었소."

나는 목소리가 한 가지뿐이 없으며, 왕의 목소리가 두 가지라는 걸 알아차리지 못했다고 대답했다. 그러자 왕이 말했다.

"그렇다면, 당신이 남자도 아니며 베이스음 목소리 한 가지와 아무 교육도 받지 못한 귀가 있는 여성스러운 괴물인 것 같다는 나의 느낌이 맞았군. 어쨌든 이야기를 계속해봅시다."

"자연은 남자는 누구나 두 명의 아내와 결혼해야 한다고 정해 놓았소……"

나는 "왜 두 명이죠?"라고 물었다.

그가 큰소리로 외쳤다. "지나치게 무식한 척을 하려고 하는군. 남자의 베이스와 테너 그리고 여성 두 명의 소프라노와 콘트랄로, 이 네 가지 목소리가 하나로 합쳐지지 않고 어떻게 완벽한 조화를 이룬 결혼이 가능하겠소?"

나는 이렇게 대답했다. "하지만 한 남자가 한 명의 아내이거나 세 명의 아내를 더 좋아한다면 어떻게 합니까?"

그가 대답했다. "그건 불가능하지. 그건 둘 더하기 하나가 다섯이 된다거나 인간의 눈으로 직선을 본다는 것만큼이나 상상할수도 없는 일이지." 그의 말에 끼어들려고 했지만 그는 이렇게 말을 이어갔다.

"우리는 매주 주중에 한 번은 자연의 법칙에 따라 평상시보다 더 격렬하게 리듬에 맞춰 앞뒤로 움직이게 되어 있소. 101번이 될 때까지 계속 움직이는 거지. 그렇게 합창에 맞춰 춤을 추다가 이 우주의 주민들은 51번째 진동에서 갑자기 멈춰 저마다 자신의 가장 낭랑하고, 가장 힘차며, 가장 달콤한 노래를 부르지. 그때가 모든 결혼이 이루어지는 결정적인 순간이오. 가장 낮은 음과 가장 높은 음 그리고 테너와 콘트랄로의 화음은 너무나도 절묘해서 사랑에 빠진 사람들은 종종 2만 리그가 떨어진 곳에서도 즉시 운명적인 연인의 곡조를 알아차린다오. 그리고 거리라는 하찮은 방해물을 뚫고서 사랑이 그 세 사람을 하나로 묶어주는 것이오. 바로 그 순간에 이루어진 결혼으로 남성과 여성 자손 세 명이 태어나는 것이 여기 라인랜드에서 언제나 일어나는 일이오."

"뭐라구요! 언제나 세 명이라구요? 그렇다면 아내 중 한 명은 언제나 쌍둥이를 낳아야 한다는 겁니까?"

"베이스음을 내는 괴물이여! 당연하다." 왕이 대답했다. "만약 사내아이 한 명이 태어날 때마다 여자아이 두 명이 태어나지 않는다면, 대체 어떻게 성별 균형을 유지할 수 있단 말인가? 그런 가장 기본적인 자연의 섭리도 모른다는 말인가?"

말을 멈춘 그는 화가 치밀어 더 이상 말을 잇지 못했다. 그가 다시 이야기를 이어가도록 달래기 위해 잠시 시간이 필요했다.

"당연히 미혼자들 모두가 이 일반적인 결혼 합창의 첫 번째 구혼에서 자기 짝을 찾을 거라고 생각하는 건 아니겠지. 그와는 반대로 우리들은 대부분 그 과정을 아주 많이 반복해야 하지. 신의 뜻에 따라 서로의 목소리에서 단번에 자신에게 점지된 반려자를 알아차리고 서로 완벽하게 조화를 이루는 사랑에 빠지는 그런 행운을 누리는 사람은 거의 없소. 대부분 오랜 구애기간을 거쳐야 하는 것이지.

구혼자의 목소리가 미래의 아내들 두 명 모두가 아닌 한 명과 화음을 이룰 수도 있고, 처음에는 둘 다 그렇지 않을 수도 있거든. 소프라노와 콘트랄토가 전혀 화음을 이루지 못할 수도 있는 것이고. 그럴 경우엔 자연이 매주 벌어지는 합창으로 세 명의 연인들이 더욱 가깝게 화음을 이루도록 이끌어주는 것이고. 매번 목소리를 내고, 매번 불협화음을 새롭게 발견하면서 완벽하지 못한 서로의 발성을 보다 완벽에 가까워지도록 거의 알아차리지 못하게 유도하는 것이오. 여러 번의 시도를 거쳐 많이 가까워진 후에 마침내 결과가 나타나게 되는 것이지. 마침내 일상적인 결혼 합창이 라인랜드 전역에 울려 퍼지면 멀리 떨어져 있던 세 명의 연인들은 불현듯 정확한 화음을 이루게 되었다는 것을 알게 되거든. 그들이 그런 사실을 알아차리기도 전에 이미 결합한 그 세 사람은 화음에 몰두하면서 부부관계를 맺게 되는 것이고. 그렇게 해서 자연은 또 한 번의 결혼과 세 아이의 탄생을 축하해주는 것이고."

14

플랫랜드의 본질을
설명하려 했지만 실패하다

그 군주의 망상을 상식적인 수준으로 끌어내려야겠다고 생각한 나는 그에게 진실을 조금이라도 엿볼 수 있도록 해줘야겠다고 결심했다. 말하자면, 플랫랜드에 있는 사물들의 본질을 알려주는 것과 같은 일이었다.

그래서 나는 이렇게 말을 꺼냈다. "폐하께서는 어떻게 백성들의 모습과 신분을 구분하십니까? 저의 경우엔 시각으로 알아차립니다. 폐하의 왕국에 들어서기 전에 이곳 백성들의 일부는 선이고 점들도 있으며 어떤 선들은 좀 더 길고……"

왕이 내 말을 끊었다. "터무니없는 소리를 하고 있군. 헛것을 본 것이 분명해. 시각으로 선과 점의 차이를 알아차린다는 건 만물의 본질에 비추어 불가능한 일이야. 그건 누구나 알고 있는 일이지. 하지만 청각으로 알아차릴 수는 있지. 청각을 통해서라면 내 모습도 정확하게 구별할 수 있거든. 자, 나를 보라 — 나는 선이고, 라인랜드에서 가장 길어서 6인치 이상의 공간을 차지하고 있지 않나."

나는 과감하게 "공간이 아니라 길이이겠지요."라고 했다.

그는 "멍청한 자로군. 공간이 곧 길이인 거지. 다시 한 번 끼어든다면 더 이상 말하지 않겠다."라고 했다.

나는 곧 사과를 했지만 그는 줄곧 나를 비웃으며 말했다.

"네가 말귀를 제대로 알아듣지 못하는 것 같으니, 내가 두 가지 목소리로 지금 600마일 70야드 2피트 8인치 떨어져 있는 북쪽의 아내와 남쪽에 있는 다른 아내에게 내 모습을 알리도록 할 터이니 두 귀로 똑똑히 듣도록 해라."

그는 새가 지저귀는 듯한 소리를 내고 난 후, 흡족한 듯 말을 이었다.

"지금 나의 아내들은 나의 두 가지 목소리를 연달아 듣고 있지. 소리가 6.457인치를 가로지를 수 있는 간격으로 나의 두 번째 목소리가 도달한다는 것을 알아차린 그녀들은 나의 입과 입

사이가 6.457인치라는 것을 추론해내게 되는 거지. 그래서 나의 모습이 6.457인치라는 것을 알게 되는 것이고. 당연히 아내들이 그 두 가지 목소리를 들을 때마다 이런 계산을 하지는 않는다는 것쯤은 알고 있겠지. 우리가 결혼을 하기 전에 딱 한 번만 계산하면 되기 때문이지. 하지만 언제든 계산을 할 수는 있지. 이와 똑같은 방식으로 나는 남자 백성들의 모양도 청각으로 판단할 수 있는 것이지."

"하지만 어떤 남자가 자신의 두 가지 목소리들 중 하나로 여성의 목소리를 흉내낸다면 어떻게 합니까? 또 남쪽 목소리를 꾸며내서 북쪽의 메아리로 인식할 수 없도록 만든다면 어떻게 합니까? 그런 속임수들이 엄청난 불편을 일으키지는 않을까요? 이웃에 있는 백성들끼리 서로 느끼도록 명령하여 이런 사기술을 막을 수는 없습니까?"

물론 느낌을 활용한다 해도 그런 사기술을 막을 수는 없기 때문에 매우 어리석은 질문이었다. 하지만 나는 군주를 화나게 하려고 물어보았던 것이었고 완벽하게 성공했다.

"뭐라구!" 그는 기겁을 하며 외쳤다. "무슨 뜻으로 그런 말을 하는 것인지 설명해봐라."

나는 이렇게 대답했다. "느끼고, 만지고, 서로 접촉하는 겁니다."

왕은, "그 '느낌'이 두 사람 간에 아무런 공간도 남기지 않고 가까이 다가간다는 의미라면, 이방인이여, 그런 범죄는 나의 영토에서는 사형을 당하게 된다는 것을 알아야 한다. 그 이유는 명확하다. 그처럼 가까이 다가서면 연약한 여성의 몸은 쉽게 부서지기 때문에 국가에서 보호해야 한다. 여성은 시각으로 남성과 구별될 수 없기 때문에 일반적으로 남자든 여자든 그들 사이의 간격을 무너뜨릴 정도로 가깝게 다가서지는 못하도록 법으로 규정해 놓았다."

"그리고 그처럼 잔인하고 야비한 과정 없이도 청각으로 더욱 쉽고도 정확하게 금세 알아볼 수 있는데 '만진다'는 그런 불법적이고 부자연스러운 방법으로 그토록 가까이 다가가는 것이 대체 어떤 도움이 된다는 말이냐? 네가 말했던 속임수 같은 것은 전혀 없다. 한 인간의 본질인 목소리는 자기 마음대로 변화시킬 수 없다. 하지만 내게 단단한 사물들을 관통해 지나가는 능력이 있어서 백성들을 관통할 수 있다고 가정한다면, 한 명씩 관통해 심지어 십억 명까지 관통하면서 '느낌'이라는 감각으로 각 개인의 크기와 거리를 검증할 수 있다고 하자. 그런 꼴사납고 부정확한 방

123

법으로 얼마나 많은 시간과 에너지를 소모해야 한단 말이냐! 나는 지금 한순간의 청각을 인구조사처럼 활용하여 라인랜드에 살고 있는 모든 사람들의 지역적, 육체적, 정신적 그리고 종교적 통계를 파악하고 있다. 그러니 귀를 기울이면 된다, 그저 듣기만 하면 되는 것이다!"

잠시 말을 멈춘 그는 마치 황홀경에 빠진 듯이 내게는 수없이 많은 아주 작은 메뚜기들이 나지막하게 붕붕거리는 것 같은 소리에 귀를 기울였다.

나는 이렇게 대답했다. "폐하의 청각은 아주 큰 도움이 되고 부족한 점들을 많이 보충해주고 있군요. 하지만 라인랜드에서 폐하의 삶은 꽤나 지루하겠다는 것을 지적하지 않을 수가 없군요. 점 외에는 아무것도 보지 못하고, 직선마저도 관찰할 수 없다니요! 아니, 직선이 무엇인지조차 모르고 있다니요! 플랫랜드에서도 허용되고 있는 선형의 경치를 볼 수 없다니! 저에게 폐하처럼 뚜렷이 구별하는 청각능력이 없다는 것은 인정하겠습니다. 폐하에게 그처럼 열정적인 즐거움을 주는 라인랜드 전체의 연주회가 저에게는 떼를 지어 내는 소란스러운 소리일 뿐입니다. 하지만 적어도 저는 눈으로 선과 점을 구별할 수 있습니다. 그걸 증명해

보이겠습니다. 제가 이 왕국에 들어오기 직전에, 폐하가 왼쪽에서 오른쪽으로, 그리고는 오른쪽에서 왼쪽으로 춤추고 있는 것을 보았습니다. 폐하의 왼쪽 곁에는 일곱 명의 남자와 두 명의 여자가 있었고, 오른쪽에는 여덟 명의 남자와 두 명의 여자가 있었습니다. 제 말이 맞습니까?"

"비록 네가 말하는 '오른쪽'과 '왼쪽'이 무슨 뜻인지는 모르겠지만 적어도 사람의 수와 성별은 맞는 것 같군. 하지만 네가 이것들을 보았다는 건 인정할 수가 없어. 그 말은 어떤 남자의 내면을 본다는 뜻인데, 어떻게 선을 본다는 거지? 그러니 분명 소리를 들었던 것인데, 보았다고 망상을 하는 것이지. 그리고 네가 말한 '왼쪽'과 '오른쪽'이라는 단어들의 뜻은 무엇이냐? 내 생각엔 북쪽과 남쪽을 그렇게 말하는 것 같군."

"그렇지 않습니다." 나는 대답했다. "북쪽과 남쪽으로 움직이는 것 외에도 또 다른 움직임이 있습니다. 그것이 제가 오른쪽과 왼쪽이라고 부르는 것이지요."

왕 : 할 수 있다면, 왼쪽에서 오른쪽으로 움직이는 것을 보여 다오.

나 : 글쎄…… 폐하의 선에서 완전히 벗어날 수 없다면 보여드릴 수도 없습니다.

왕 : 선에서 벗어나라고? 이 세상에서 벗어나라는 말이냐? 이 우주에서 벗어나라고?

나 : 말하자면, 그렇습니다. 폐하의 세상에서 벗어나십시오. 폐하의 공간에서 빠져나오는 겁니다. 폐하의 공간은 진짜 공간이 아니기 때문입니다. 진정한 공간은 평면이지만 폐하의 우주는 그저 하나의 선일 뿐입니다.

왕 : 왼쪽에서 오른쪽으로 움직이는 동작을 선 안으로 들어와 보여줄 수 없다면, 말로 설명해다오.

나 : 저의 왼쪽에 서 있는 폐하께서 오른쪽을 말로 표현할 수 없다면, 어떤 말로도 그 뜻을 명확하게 전달할 수는 없습니다. 하지만 폐하께서 그처럼 단순한 구별을 모를 수가 없습니다.

왕 : 나는 너의 말을 전혀 이해할 수가 없다.

나 : 아아! 어떻게 하면 명확하게 설명할 수 있을까요? 폐하가 직선으로 움직이실 때, 가끔은 눈을 돌려 측면이 앞을 향하도록 바라보기 위해 약간 다른 방식으로 움직일 수 있을 것 같을 때가 있지 않나요? 다른 말로 하자면, 언제나 양쪽 끝 중의 한 가지 방향으로 움직이는 대신 다른 방향으로 즉, 옆으로 움직이고 싶다고 느끼는 때가 전혀 없나요?

왕 : 전혀 없지. 대체 그게 무슨 소리냐? 한 사람의 내부가 어떻게 다른 방향의 '정면'이 될 수 있다는 말이냐? 아니면 한 사람이 자신의 내부를 향해 움직일 수 있다는 것이냐?

나 : 흠, 그렇다면, 말로는 이 문제를 설명할 수 없으니, 직접 움직여보도록 하겠습니다. 제가 라인랜드를 벗어나 폐하께 가리키고 싶은 방향으로 천천히 움직이겠습니다.

그렇게 말하면서 몸을 라인랜드 밖으로 움직이기 시작했다. 내 몸의 일부가 그의 영토와 그의 시야 내에 있는 동안, 왕은 줄곧 이렇게 큰소리로 외쳤다.

"네가 보여, 여전히 보이거든. 지금은 움직이고 있는 것이 아니군." 하지만 내가 마침내 그의 선 밖으로 이동했을 때, 그는 화

들짝 놀란 목소리로 외쳤다. "그녀가 사라졌어, 죽어버렸어."

나는 "죽지 않았습니다."라고 대답했다. "단지 라인랜드 밖으로 나왔을 뿐입니다. 다시 말해, 폐하께서 우주라고 부르는 그 직선에서 벗어난 것이죠. 사물들을 있는 그대로 볼 수 있는 여기가 진짜 우주입니다. 그리고 지금 저는 폐하의 선을 볼 수 있습니다. 또는 폐하의 측면이기도 하고, 내부라고 부르는 것이기도 하지요. 또한 폐하의 남쪽과 북쪽에 있는 남자들과 여자들도 볼 수 있습니다. 이제 그들이 서 있는 순서와 크기 그리고 그들 사이의 간격을 설명하면서 일일이 열거해 보겠습니다."

사라지기 직전의 나의 몸

무척이나 장황하게 열거한 후에 나는 의기양양하게 소리쳤다. "드디어 제가 폐하를 납득시킨 건가요?" 그리고 나서 다시 라인 랜드로 들어가, 전과 똑같은 곳에 자리를 잡았다.

하지만 왕은 이렇게 대꾸했다. "비록 목소리가 하나뿐이 없는 것처럼 보여서 남자가 아닌 여자라고 의심은 하고 있었지만, 네가 분별력이 있는 남자라면, 만약 조금이라도 제정신이 있다면, 내 생각을 들어보아라. 너는 내 감각이 가리키는 것 외의 다른 선이 있으며, 내가 매일 인식하는 것 외의 다른 움직임이 있다는 것을 믿으라고 요청했다. 이번에는 내가 요청하겠다. 네가 말하는 다른 선을 말로 설명하거나 동작으로 가리켜 봐라. 너는 움직이는 대신 단순히 시야에서 사라졌다가 돌아오는 마술 같은 것을 시연했을 뿐이다. 너의 새로운 세상에 대해 명확하게 설명하는 대신 그저 내 수행원들 40여 명과 그들의 크기를 말했을 뿐이다. 그건 내 왕궁에 있는 어린아이라면 누구라도 알고 있는 사실이다. 이보다 더 불합리하고 무례한 일이 있을 수 있을까? 너의 어리석음을 인정하거나 내 영토에서 당장 떠나도록 하라!"

그의 심술궂은 행위에 화가 치밀었고 특히 나의 성별을 모르겠다는 공공연한 언사에 분을 참지 못한 나는 준비하지 않은 말로 반박했다.

"제정신이 아닌 자로군! 실제로는 가장 불완전하고 가장 저능하면서 자신이 완벽한 존재라고 생각하고 있다니. 점 하나뿐이 보지 못하는 주제에 감히 본다고 말하다니! 네가 직선의 존재를 추론하고 있다고 자랑하지만, 나는 직선을 볼 수 있는데다 각도와 삼각형, 사각형, 오각형, 육각형 그리고 심지어 원의 존재까지 추론할 수 있거든. 더 이상 말해봐야 무슨 소용이 있을까? 내가 바로 너라는 불완전한 자아의 완성체라고만 말해두기로 하자. 너는 선이지만 나는 선 중의 선이요, 내 나라에서는 사각형이라 부르지. 게다가 나는 너에 비해선 무한히 월등한 존재이지만, 플랫랜드의 위대한 귀족들 사이에서는 미천한 존재일 뿐이다. 그곳에서 너의 무지를 가르치겠다는 희망을 품고 방문했던 것이다."

이런 말을 들으며 왕은 마치 비스듬히 나를 찌를 것처럼 위협하는 소리를 지르며 나를 향해 전진했다. 동시에 수많은 그의 백성들이 돌격을 알리는 엄청난 함성을 질러댔다. 마침내 그 함성은 내 생각으론 십만 명의 이등변삼각형 군대와 천명의 오각형 포병이 질러대는 고함소리에 뒤지지 않을 정도가 될 때까지 격렬하게 울려 퍼졌다. 넋을 잃은 채 꼼짝도 못하게 된 나는 아무 말도 할 수 없었고 곧 닥쳐올 죽음을 피해야 했지만, 움직일 수조차 없었다. 그 함성소리는 점점 더 커져만 갔으며 왕은 더욱 가까이 다가왔다. 그때 플랫랜드의 현실을 알리는 아침식사 종소리를 듣고 잠에서 깨어났다.

15

스페이스랜드에서 온 이방인

이제 꿈 이야기에서 벗어나 현실에 대한 이야기를 계속하기로 하자.

우리 연대의 1999번째 해의 마지막 날이었다. 오래 전부터 후두둑 내리고 있는 빗소리가 밤이 되었음을 알렸다. 나는 아내와 함께 자리에 앉아(저자주: 내가 앉아 있다고 말할 때, 당연하게도 스페이스랜드의 여러분이 그 단어로 표현하는 자세의 변화를 의미하는 것은 아니다. 가자미와 넙치가 그렇듯이 우리에게는 발이 없기 때문에 – 여러분이 사용하는 그 단어의 의미로는– 앉거나 서 있을 수 없다. 그럼에도 우리는 '눕다, 앉다 그리고 서 있다'를 의미하는 다양한 정신적 의지를 완벽하게 알아차린다. 의지가 강해지면 빛이 약간 더 밝아진다는 것을 어느 정도는 볼 수 있다. 하지만 이 문제와 그 밖의 수많은 주제들을 다루기에는 시간이 부족하다) 지난 일들을 돌아보고 다가올 새해, 다가올 세기, 다가올 새 천년을 그려보았다.

나의 아들 넷과 부모를 잃은 손자 둘은 각자의 방으로 돌아갔고, 아내만이 나와 함께 묵은 천년을 보내고 새 천년을 맞이하기 위해 남아 있었다.

나는 가장 어린 손자가 불쑥 내뱉은 말들을 곰곰이 되짚어보는 데 정신을 쏟고 있었다. 무척 총명한 그 아이는 완벽한 각을 갖춘 전도유망한 육각형이다. 아이의 삼촌들과 나는 시각인식에서 흔히 사용할 수 있는 기술들을 가르쳐주고 있었다. 몸의 중심을 빠르게 또는 느리게 돌리면서 우리의 위치를 아이에게 물어보았다. 아이의 대답이 너무나도 만족스러웠던 나는 기하학에 적용되는 산수에 관한 몇 가지 조언들로 상을 주고 싶었다.

우선 각 변의 길이가 1인치인 정사각형 9개를 모아 변의 길이가 3인치인 커다란 정사각형을 만들었다. 그리고 어린 손자에게 ─ 비록 우리가 사각형의 내부를 보는 것은 불가능하지만 ─ 단순히 변의 인치수를 제곱하는 것으로 정사각형의 면적을 확인할 수 있다는 것을 증명해보였다. 나는 "그렇게 해서 우리는 3^2 또는

9가 변의 길이가 3인치인 정사각형의 면적이라는 걸 알게 되는 거란다."라고 말했다.

잠시 생각에 빠져 있던 어린 육각형이 말했다.
"하지만 할아버지는 세제곱까지 올리라고 가르쳐주셨잖아요. 저는 3^3이 기하학에서 어떤 의미가 있다고 생각하거든요. 그게 어떤 의미일까요?"

나는 "적어도 기하학에서는 아무런 의미도 없단다. 기하학에는 2차원만 있기 때문이지."라고 대답했다. 그 후에 나는 하나의 점을 3인치만큼 이동시켜 3인치의 선을 만드는 방법을 보여주기 시작했다. 그렇게 만들어진 선을 3으로 표시한 다음, 3인치의 선을 평행으로 3인치 이동시켜 각 변이 3인치인 사각형을 만들어 3^2으로 표시한다는 것을 보여주었다.

여기에서 손자는 앞에서 했던 이야기로 다시 돌아가, 꽤나 갑작스럽게 내 말을 가로막으며 큰소리로 외쳤다.
"어, 그러니깐, 만약 3인치를 이동해간 점 하나가 3으로 표시되는 3인치의 선을 만들고, 3인치의 직선이 평행으로 이동해가서 3^2로 표시되는 각 변이 3인치인 정사각형을 만든다면, (어떻게 이동하는지는 모르지만) 각 변이 3인치인 정사각형이 어쨌든 평행으로 이동해가면 (무엇인지는 모르지만) 모든 변이 3인치인 어떤 것을 만들어야 하는 거죠. 그리고 그것은 3^3으로 표시되어야 하는 거잖아요."

아이가 불쑥 끼어든 것에 약간 짜증이 난 나는 "이제 가서 자도록 해라. 만약 허튼소리만 적게 한다면, 더 의미 있는 것을 기억하게 될 거다."라고 했다.

그렇게 면박을 받은 손자는 자기 방으로 갔고, 나는 아내 곁에 앉아 1999년을 회고하면서 2000년에 일어날 일들을 생각해보려 했다. 하지만 똑똑한 육각형 손자가 재잘거리던 이야기가 머릿속에서 떠나질 않았다. 이제 30분짜리 모래시계엔 모래가 아주 조금만 남아 있었다. 나는 잡념을 떨쳐내며 묵은 천년의 마지막 순간을 보내기 위해 모래시계를 북쪽으로 돌려놓았다. 그러면서 '저 아이는 바보야.'라고 버럭 소리를 질렀다.

바로 그때 방안에 어떤 존재가 있다는 것을 알게 되었다. 온몸을 오싹하게 만드는 으스스한 속삭임이 들렸던 것이다.
아내가 소리쳤다. "저 애는 바보가 아니에요. 게다가 당신이 자기 손자를 그렇게 망신을 주는 건 율법을 어기는 일이에요."

하지만 나는 아내의 말에는 아무런 관심도 없었다. 사방을 둘러보았지만 아무것도 볼 수 없었다. 하지만 여전히 그 존재를 느꼈으며, 그 차가운 속삭임이 다시 들려오자 몸이 덜덜 떨렸다. 나는 깜짝 놀라 자리에서 일어났다.

"무슨 일이에요?" 아내가 물었다. "외풍은 전혀 없잖아요. 무얼 찾는 거예요? 아무것도 없어요."

아무것도 없었다. 나는 다시 자리에 앉으며 큰소리로 말했다.

"저 아이는 바보라구. 3³은 기하학에선 아무 의미도 없단 말이야."

그 즉시 또렷한 대답 소리가 들려왔다.

"그 소년은 바보가 아니오. 3³은 분명히 기하학적인 의미가 있어요."

비록 그 의미를 이해하지는 못했지만, 아내도 그 말을 들었다. 우리 두 사람은 벌떡 일어나 소리가 나는 방향으로 급히 다가갔다. 눈앞에 있는 어떤 도형을 보고 우리는 두려움에 휩싸였다. 흘끗 봐서는 여성인 것 같았지만 잠시 지켜본 후에는 양쪽 끝이 급격히 흐릿해지는 것으로 보아 여성일 수는 없다고 생각했다. 나는 동그라미일 것이라고 생각했다. 다만 동그라미는 물론이고 그동안 내가 겪어보았던 그 어떤 규칙도형도 할 수 없는 방식으로 자신의 크기를 변화시키는 것처럼 보였다.

하지만 아내는 나만큼의 경험도 없었고, 이런 특성들을 알아차리는데 필요한 침착성도 없었다. 평상시의 급한 성격과 더불어 터무니없는 질투심이 일어난 아내는 성급하게 작은 구멍을 통해 어떤 여자가 들어온 것이라고 생각했다.

"이 여자가 어떻게 여기에 들어온 거죠?" 그녀는 큰소리로 외쳤다. "여보, 우리들의 새 집엔 통풍구를 만들지 않겠다고 약속했잖아요."

"당연히 통풍구는 없어요. 그런데 무얼 보고 저 이방인이 여자라고 생각하는 거요? 시각인식으로 보면……"

아내가 대답했다. "아이구 이런, 당신의 시각인식은 이제 믿을 수가 없어요. '느끼는 것이 믿는 것이다.' 그리고 '직선이 만지는 것은 동그라미가 보는 것만큼 가치 있다.'라는 말이 있잖아요."

이 두 가지 속담은 플랫랜드의 여성들 사이에 널리 퍼져 있는 것이었다.

나는 아내가 화를 내게 될까봐 두려웠다. "알았어요, 그렇다면 자기소개를 해달라고 합시다."

아내는 최대한 우아한 태도를 갖추며 그 이방인에게 가까이 다가셨다.

"부인, 제가 당신을 느껴봐도 될까요. 그리고……" 말을 멈춘 아내는 갑작스럽게 물러서면서 "오! 여자가 아니에요. 각도 전혀 없어요. 완벽한 동그라미께 제가 지나치게 무례한 행동을 한 건 아닐까요?"

"사실 나는 동그라미라고 할 수도 있습니다." 그 목소리가 대답했다. "플랫랜드에 있는 그 어떤 동그라미보다 더 완벽하지만, 정확하게 말하자면 나는 많은 동그라미들로 이루어진 동그라미입니다." 그리고는 좀 더 부드럽게 덧붙여 말했다. "부인, 당신의 남편에게 전해야 할 말이 있습니다. 부인이 있는 곳에서 말할 수는 없습니다. 그러니 우리가 잠시 이곳을 떠나도 괜찮을까요?" 하지만 아내는 그 존엄한 방문객이 그런 불편을 겪도록 할 수는 없었다. 아내는 자신이 물러나야 할 때가 한참 지났다며 그 동그라미를 안심시켰다. 그리고 자신의 경솔한 태도를 거듭 사과한 후에 자신의 방으로 돌아갔다.

나는 30분짜리 모래시계를 흘끗 쳐다보았다. 마지막 모래알들이 모두 떨어져 있었다. 두 번째 천년이 시작된 것이었다.

16

이방인이 스페이스랜드의
불가사의를 설명하려 했지만 실패하다

방으로 돌아가는 아내의 발걸음 소리가 잦아들자 나는 조금 더 자세히 보기 위해 즉시 그 이방인에게 다가서면서 자리에 앉을 것을 권했다. 하지만 그의 외모를 보고선 소스라치게 놀라 꼼짝도 할 수 없었다. 뾰족한 모서리는 전혀 없었지만 그는 매 순간마다 크기와 밝기를 변화시켰다. 그동안 내가 만났던 그 어떤 도형도 할 수 없었던 일이었다. 나는 불현듯, 어쩌면 강도나 살인자인 기괴한 이등변삼각형들이 동그라미의 목소리를 가장하여 집으로 들어오라는 허락을 받아낸 것은 아닐까 하는 생각을 했다. 그래서 이제는 날카로운 모서리로 나를 찌를 준비를 하고 있는 것이라고 생각했다.

거실에 안개가 없어서 (공교롭게도 무척이나 건조한 계절이었다) 시각인식을 믿기는 어려웠다. 특히 내가 서 있던 아주 가까운 거리에서는 더욱 믿을 수 없었다. 두려움에 휩싸인 나는 예의를 갖추지 않고 불쑥 "선생님, 죄송합니다만……"이라고 말하며 급히 앞으로 나아가 그를 느꼈다. 아내의 말이 옳았다. 각도 전혀 없었고 거칠거나 울퉁불퉁한 부분도 전혀 없었다. 지금까지 이보다 더 완벽한 동그라미는 만나본 적이 없었다.

그의 눈에서부터 시작해 한 바퀴를 돌아 다시 돌아오며 살펴보는 동안 그는 전혀 움직이지 않았다. 그는 모든 면에서 디할 나위 없이 완벽한 동그라미였다. 전혀 의심의 여지가 없었다. 그런 후에 대화가 이어졌다.

사각형인 내가 동그라미를 느끼는 무례한 행동을 했던 것이어서 부끄럽고 민망했던 나는 귀찮은 정도로 거듭 사과를 했다. 그 장황했던 사과의 말만 빼놓고, 지금부터 내가 기억하는 그때의 대화를 있는 그대로 옮기려 한다. 지루한 나의 준비과정에 약간 짜증이 나 있던 그 이방인이 먼저 말을 꺼냈다.

이방인 : 이젠 나를 충분히 느낀 것 같소? 아직도 나에 대해 알아야 할 것이 더 있는 거요?

나 : 가장 밝게 빛나는 선생님, 눈치 없는 저를 용서해 주십시오. 예의바른 사회의 관습을 몰라서 그랬던 건 아닙니다. 예상치 못한 방문에 조금은 놀라기도 했고 소심해져서 그랬습니다. 저의 경솔한 행동이 다른 사람에게는 알려지지 않도록 부탁드립니다. 특히 저의 아내는 모르게 해주십시오. 더 자세한 이야기를 나누기 전에 우선 어디에서 오신 손님이신지 알고 싶습니다.

이방인 : 선생, 나는 공간에서 왔소. 대체, 공간 말고 어디에서 왔겠소?

나 : 선생님, 죄송하지만 이미 공간에 계시는 것 아닙니까? 지금 이 순간에도 선생님과 제가 공간에 있는 것이구요.

이방인 : 허허 참! 공간에 대해 무엇을 알고 있소? 공간에 대한 정의를 내려보시오.

나 : 선생님, 공간이란 무한히 연장된 높이와 너비입니다.

이방인 : 그럼 그렇지. 당신은 공간이 무엇인지 모르고 있는 거

요. 당신은 공간이 2차원으로만 이루어져 있다고 생각하지만 나는 세 번째 차원을 알려주려고 온 것이오. 높이와 너비 그리고 길이 말이오.

나 : 선생님은 참 재미있는 분이시군요. 우리도 길이와 높이 또는 너비와 두께라는 말을 사용합니다. 그렇게 네 가지 명칭으로 이차원을 나타내는 것이죠.

이방인 : 하지만 내 말은 단지 세 가지 명칭만이 아니라 세 가지 차원이 있다는 뜻이오.

나 : 제가 모르는 세 번째 차원이 어느 방향인지 보여주십시오. 아니면 설명을 해주십시오.

이방인 : 내가 그곳에서 왔소. 그 차원은 위와 아래에 있는 것이오.

나 : 북쪽과 남쪽을 말씀하시는 것 같군요.

이방인 : 그런 것을 의미하는 게 아니오. 당신의 측면에는 눈이

없기 때문에, 당신이 바라볼 수 없는 방향을 의미하는 겁니다.

나 : 죄송하지만, 잠깐만 살펴보시면 저의 측면 두 곳의 이음매에 완벽한 발광체가 있는 것을 확인하실 수 있을 겁니다.

이방인 : 알고 있소. 하지만 공간을 들여다보기 위해선 둘레가 아니라 측면에 눈이 있어야 합니다. 당신은 분명 그것을 내부라 부르고 있겠지만, 스페이스랜드의 우리는 당신의 측면이라 부릅니다.

나 : 나의 내부에 눈이 있다구요! 내 뱃속에 눈이 있단 말입니까! 농담이시겠죠.

이방인 : 지금 내가 하찮은 농담이나 하려는 건 아니오. 내가 공간에서 왔다고 말하고 있는 것이고, 또한 당신이 공간의 의미를 이해하지 못할 것이기 때문에, 세 개의 차원이 있는 땅에서 왔다고 말하는 것이오. 얼마 전에 그 공간에서 어이없게도 당신이 공간이라고 부르는 당신들의 평면을 내려 보게 되었소. 잘 보이는 곳에서 나는 당신이 '입체'라고 부르는 (당신이 '네 면으로 둘러싸인 것'을 의미하는) 것들을 모두 식별하고 있었소. 당신들의

집과 교회들, 커다란 상자와 금고, 심지어 당신들의 내부와 위장 등 모든 것을 다 보고 있었다오.

나 : 선생님, 그런 주장은 누구나 쉽게 할 수 있습니다.

이방인 : 하지만 쉽게 증명할 수는 없다는 말이로군. 그렇다면 내 말을 증명해보기로 하겠소.

이곳으로 내려왔을 때, 나는 당신의 오각형 아들들과 육각형 손자 둘이 각자의 방에 있는 것을 보았소. 가장 어린 육각형이 잠시 당신과 함께 있었고, 자신의 방으로 돌아간 후에 당신과 아내만이 남게 되었고. 저녁식사 때 이등변삼각형 하인 셋이 부엌에 있었고, 어린 시동이 부엌에 있을 때 내가 여기로 왔던 것이오. 대체 내가 어떻게 왔을 거라고 생각하는 것이오?

나 : 지붕을 통해 왔겠지요.

이방인 : 그렇지 않소. 당신이 더 잘 알고 있겠지만, 지붕은 여성이 침입할 구멍이 없도록 최근에 수리하지 않았소. 내가 공간에서 왔다고 하지 않았소. 당신의 자녀들과 집안 식구들에 대해 말한 것으로도 확신하지 못하겠단 말이오?

나 : 선생님도 아시겠지만, 비천한 저의 가족들에 관한 그런 사실들은 쉽게 알아볼 수 있습니다. 이웃에 사는 누구에게든 물어보면 쉽게 알 수 있는 일이지요.

이방인 : (혼잣말로) *이걸 어떻게 설명해야 할까?* 아, 잠깐만. 좋은 질문이 하나 더 떠올랐소. 당신이 직선을 볼 때, 예를 들어 아내를 볼 때, 그녀에게는 얼마나 많은 차원이 있다고 생각하시오?

나 : 선생님께선 저를 마치 수학도 전혀 모르는 무지렁이로 여기시는군요. 제가 여성이 실제로 직선이고 하나의 차원만 있다고 생각할 것 같습니까? 전혀 그렇지 않습니다. 우리 사각형들도 선생님만큼이나 잘 알고 있습니다. 비록 일반적으로는 여성을 직선이라고 하지만 실제로나 과학적으로나 두 개의 차원이 있는 아주 얇은 평형사변형이라는 걸 알고 있습니다. 다른 사람들처럼 길이와 너비(또는 두께)가 있거든요.

이방인 : 하지만 선이 보인다는 그 사실이 바로 또 다른 차원이 있다는 걸 의미하는 거요.

나 : 선생님, 제가 방금 전에 여성에겐 길이는 물론 너비도 있다고 인정하지 않았습니까. 우리는 그녀의 길이를 보고, 그녀의 너비를 추론합니다. 비록 매우 가냘프지만 측정은 할 수 있거든요.

이방인 : 당신은 내 말뜻을 전혀 이해하지 못하는구려. 어떤 여성을 볼 때 — 너비를 추론하는 것 말고 — 그녀의 길이를 봐야 하는 것이고, 비록 당신네 나라에서는 그 마지막 차원인 높이가 지극히 미미하기는 하지만, 우리가 높이라고 부르는 것도 봐야만 한다는 뜻이오. 만약 하나의 선이 '높이'가 없는 단순한 길이일 뿐이라면, 공간을 차지하지 않으니 당연히 보이지 않게 될 것이오. 이 사실을 분명히 이해하고 있는 것이오?

나 : 솔직히 말씀드리자면, 전혀 이해하지 못하겠습니다. 플랫랜드에서 선을 볼 때 우리는 길이와 밝기를 봅니다. 그 밝기가 사라지면, 선은 소멸된 것이니 선생님께서 말씀하시는 것처럼 공간을 차지하지 않게 되는 것이죠. 하지만 선생님께서 그 밝기에 차원이라는 명칭을 부여하고, 우리가 '밝다'고 부르는 것을 '높다'라고 부른다고 생각해도 될까요?

이방인 : 전혀 그렇지 않소. '높이'는 당신의 길이와 같은 차원을 의미하는 것이오. 단지 당신의 경우엔 '높이'가 지극히 낮아서 쉽게 인식하지 못하는 것이고.

나 : 선생님의 주장은 쉽게 실험해볼 수 있습니다. 선생님께선 저에게 '높이'라는 세 번째 차원이 있다고 하시는 것이구요. 자 이제, 차원은 방향과 측정을 의미하는 겁니다. 일단 저의 '높이'를 측정해보시지요. 아니면 단순하게 저의 '높이'가 확장되는 방향을 가리켜보십시오. 그러면 선생님의 말을 믿도록 하겠습니다. 그렇지 못한다면 선생님의 견해는 제가 따를 수가 없겠지요.

이방인 : (혼잣말로) *둘 다 할 수 없는 걸. 어떻게 하면 믿게 만들 수 있을까? 사실들을 쉽게 설명한 다음 눈으로 볼 수 있는 증거를 제시하면 분명히 이해할 거야.* 자, 선생, 내 말을 잘 들어보시오.

당신은 평면 위에 살고 있소. 당신이 플랫랜드라 부르는 곳은 대단히 넓은 평면이고, 나는 그것을 유동체라 부릅니다. 그 위 또는 그 안의 표면에서 당신과 당신네 주민들이 위로 솟아오르거나 아래로 내려가지 않고 이리저리 움직이고 있는 것이오.

나는 평면도형이 아니라 입체요. 당신이 나를 동그라미라고 부르지만 사실 나는 동그라미가 아니오. 하나의 점에서부터 지름이 13인치인 동그라미까지 겹겹이 쌓여 있는, 크기가 다양한 수없이 많은 동그라미들이라 할 수 있소. 지금처럼 내가 당신의 평면으로 파고 들어간다면, 당신이 동그라미라고 부르는 평면에서 나는 하나의 절단면이 되는 것이오. 구(球)일지라도 ─ 내 나라에서는 이것이 올바른 명칭이오 ─ 일단 플랫랜드의 주민에게 나타난다면 ─ 반드시 동그라미로 나타나게 되어 있소.

기억하지 못하겠소? ─ 지난밤에 모든 것을 보는 내가 당신의 머리에 그려진 라인랜드의 환상적인 장면을 발견했는데 ─ 그러니깐, 당신이 라인랜드의 영토로 들어갔을 때 어찌해서 왕에게는 사각형이 아니라 하나의 선으로서 나타날 수밖에 없었는지 기억하지 못하겠소? 선형의 영역에는 당신의 몸 전체를 보여줄 수 있는 차원이 없기 때문에 당신의 한 부분 즉 절단면만 나타났던 것을 기억하지 못하겠소? 정확히 바로 그런 방식으로 두 개의 차원이 있는 당신의 나라는 세 개의 차원이 있는 나를 보여주지 못하고 나의 한 부분 또는 절단면만 드러낼 수 있는 것이오. 그것을 당신은 동그라미라고 부르는 것이고.

　당신의 눈빛이 흐릿해지는 걸 보니 믿지 못하겠다는 것이로군
요. 하지만 이제 나의 주장이 진실이라는 것을 확실하게 보여줄
증거를 보게 될 거요. 실제로 당신은 나의 절단면 또는 하나 이상
의 원들은 동시에 볼 수 없소. 플랫랜드의 평면 바깥으로 당신의
눈을 들어 올릴 힘이 전혀 없기 때문이오. 하지만 내가 공간으로
서서히 올라가면 적어도 나의 단면이 점점 더 작아진다는 것은
볼 수 있을 것이오. 이제 내가 올라갈 테니 잘 보도록 하시오. 이
제 나의 동그라미가 점점 작아지면서 하나의 점으로 줄어들었다
가 결국에는 사라지는 것을 보게 될 것이오.

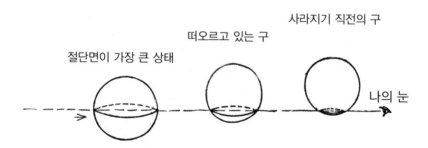

'상승'하고 있는 것은 전혀 볼 수 없었지만 그는 작아지다가 마침내 사라져버렸다. 꿈을 꾸고 있는 것은 아닌지 확인하기 위해 한두 번 눈을 깜빡였다. 하지만 꿈은 아니었다. 어딘지 알 수 없는 깊은 곳으로부터 동굴에서 울리는 듯한 목소리가 나의 심장 가까운 곳으로 들려오는 것 같았기 때문이었다.

"완전히 사라졌소? 이제 믿을 수 있겠소? 자 이제, 서서히 플랫랜드로 돌아가겠소. 그러면 당신은 나의 단면이 점점 더 커지는 것을 보게 될 것이오."

스페이스랜드의 독자들이라면 이 신비한 방문객이 간단명료하게 진실을 전하고 있다는 것쯤은 쉽게 이해할 것이다. 하지만 플랫랜드의 수학에 정통한 나에게도 이것은 전혀 단순한 문제가 아니었다. 스페이스랜드에서는 어린이라도 위에 대략적으로 그려놓은 그림을 명확하게 이해할 것이다. 그림에서 볼 수 있듯이 올라가고 있는 구의 모습은 세 가지 위치에서 모두 나와 플랫랜드의 사람들에게는 동그라미로 보인다. 처음에는 완전한 크기의 동그라미였다가 점점 작아지고 마침내는 점에 가까워질 정도로 아주 작아진다. 비록 눈앞에서 본 사실이기는 했지만 여전히 그 원인은 알아차릴 수가 없었다. 내가 이해할 수 있는 것이라곤 그 동그라미가 점점 작아지다가 사라졌으며, 이제 다시 나타난 그가 빠른 속도로 자신의 몸을 더욱 크게 만들고 있다는 것뿐이었다.

원래의 크기로 되돌아온 그는 깊은 한숨을 내쉬었다. 침묵하는 나를 보고 내가 전혀 이해하지 못하고 있다는 것을 알았기 때문이었다. 사실 나는 이제 그는 절대로 동그라미가 아니며 무척 솜씨 좋은 곡예사일 거라고 생각했다. 그렇지 않으면 늙은 노파들의 이야기가 사실이어서, 마법사나 요술쟁이들이 실제로 있다고 믿기 시작했다.

오랫동안 머뭇거리던 그가 혼잣말로 중얼거렸다. "행동으로도 이해시킬 수 없다면, 한 가지 방법뿐이 안 남았군. 이제 유추 방법을 시도해야겠네." 그리고는 한참 동안 침묵하던 그가 대화를 이어나갔다.

구 : 수학자 선생, 내게 말해보시오. 만약 점 하나가 북쪽으로 움직이면서 빛을 내는 자국을 남긴다면, 그것을 어떻게 부를 겁니까?

나 : 직선이라고 하지요.

구 : 직선에는 끝점이 몇 개나 있을까요?

나 : 두 개입니다.

구 : 자, 이제 북쪽을 향하는 직선이 동쪽과 서쪽으로 평행을 이루며 움직여 모든 점이 직선의 흔적을 남긴다고 상상해보시오. 그렇게 해서 만들어진 도형은 어떻게 부를 것입니까? 그 직선이 본래의 직신과 동일한 거리를 이동했다고 가정한다면, 그것의 이름은 무엇일까요?

나 : 정사각형이지요.

구 : 정사각형에는 몇 개의 변이 있나요? 그리고 모서리는 몇 개일까요?

나 : 네 개의 변과 네 개의 모서리죠.

구 : 이제 조금 더 상상력을 발휘해봅시다. 플랫랜드에 있는 정사각형이 위쪽으로 평행을 이루며 이동해간다고 상상해보는

겁니다.

나 : 뭐라구요? 북쪽 말입니까?

구 : 아니오, 북쪽이 아니라 위쪽이오. 완전히 플랫랜드 밖으로 이동하는 겁니다.

만약 북쪽으로 움직인다면 정사각형의 남쪽 점들은 이전에 북쪽 점들이 차지했던 위치를 거쳐 이동해야만 하지만, 내 말은 그런 뜻이 아닙니다.

내 말은 당신에게 있는 모든 점 — 당신이 정사각형이니 나의 예증에 적합하겠군요. — 다시 말해 당신이 내부라고 부르는 당신의 모든 점이 공간을 통과해 위쪽으로 지나간다는 뜻입니다. 이전에 다른 점이 차지하고 있던 위치를 통과해 가는 점은 전혀 없는 거요. 하지만 각각의 점들이 저마다 직선을 그리며 나아가는 겁니다. 이것은 모두 유추를 해보는 것인데, 분명 명확히 이해될 겁니다.

나는 치밀어오르는 짜증을 참으며 — 나는 무작정 이 방문객에게 달려들어 공간 속으로 몰아내거나 플랫랜드 밖으로 쫓아버려 그로부터 벗어나고만 싶었다 — 대답했다.

"선생님께서 '위쪽'이라는 단어로 나타내는 그 동작으로 내가 만들어내게 되는 도형의 본질은 대체 무엇입니까? 내 생각엔 플랫랜드의 언어로도 충분히 설명할 수 있을 것 같군요."

구 : 오, 물론이오. 그건 평범하고 간단해서 정확히 유추에 따른 것이오. 다만, 여담이지만, 그 결과를 도형이라고 해서는 안되고 입체라고 해야 합니다. 지금부터 그것을 설명하지요. 더 정확히 말하자면 설명하는 것이 아니라 유추해보는 거요. 우리는 하나의 점에서 시작했습니다. 그건 당연하게도 — 그 사체가 하나의 점이므로 — 오직 하나의 끝점만이 있는 것이죠.
하나의 점은 두 개의 끝점이 있는 선을 만들어냅니다.
하나의 선은 네 개의 끝점이 있는 정사각형을 만들어내지요.
이제 당신이 했던 질문에 스스로 대답할 수 있습니다. 즉, 1, 2, 4는 분명히 등비수열입니다. 그 다음의 수는 무엇일까요?

나 : 8입니다.

구 : 맞아요. 하나의 사각형은 '아직 당신이 그 이름은 모르지만 우리는 입방체라고 부르는' 8개의 끝점이 있는 어떤 것을 만들

어냅니다. 이제 이해하시겠소?

나 : 그런데 그렇게 만들어진 것에 모서리 즉 당신이 '끝점'이라 부르는 것뿐만 아니라 변도 있습니까?

구 : 물론입니다. 유추에 따라 모든 것이 다 있습니다. 하지만 '당신이' 변이라 부르는 것이 아니라 '우리가' 변이라 부르는 것입니다. 그것을 '입체'라고 부르면 됩니다.

나 : 나의 내부를 '위쪽' 방향으로 움직여 만들어내는, 당신이 '입방체'라 부르는 그 존재에는 입체 또는 변이 몇 개나 있습니까?

구 : 어떻게 그런 질문을 할 수 있죠? 당신은 수학자잖아요! 모든 것의 측면에는 언제나, 굳이 말하자면, 그것의 이면에는 하나의 차원이 있습니다. 따라서 점 하나의 이면엔 차원이 없으므로 점 하나의 측면은 0개입니다. 굳이 말하자면, 하나의 선에는 2개의 측면이 있고, (어느 선에 있는 점들은 관례상 측면이라 부를 수 있기 때문이죠) 사각형에는 4개의 측면이 있는 것이오. 0, 2, 4로 진행되는 수열을 무엇이라 부릅니까?

나 : 등차수열이라 부르지요.

구 : 그렇다면 다음에 오는 수는 무엇입니까?

나 : 6입니다.

구 : 그렇죠. 그렇다면 보다시피 당신의 질문에 당신 스스로 대답한 것입니다. 당신이 만들어낼 입방체는 6개의 측면으로 다시 말해, 당신의 내부 여섯 개로 경계를 이루게 됩니다. 이제 모두 이해하시겠죠? 그렇죠?

나는 비명을 내질렀다. "이런 괴물 같으니. 너는 사기꾼, 마술사, 몽상가 아니 악마야. 더 이상 너의 비웃음을 참지 않을 테다. 너와 나 둘 중 하나는 죽어야만 해."
그렇게 말하며 나는 그에게 달려들었다.

17

설명에 실패한 구가 행동으로 보여주다

아무런 소용도 없었다. 나는 가장 단단한 오른쪽 모서리로 이 방인에게 맹렬히 부딪쳤다. 웬만한 동그라미라도 파괴시킬 정도로 세게 밀어붙였지만 그가 천천히 미끄러지듯 빠져나가는 것을 느낄 수 있었다. 오른쪽이나 왼쪽으로 천천히 움직이는 것이 아니라 세상 밖으로 움직이더니 감쪽같이 사라졌다. 잠시 후에 그가 있던 곳은 텅 비어 있었다. 하지만 그 침입자의 목소리는 여전히 들려왔다.

구 : 당신은 왜 차분히 들어보려고 하지 않는 거요? 당신은 이성적이고 유능한 수학자요. 그래서 나는 당신이 1000년에 단 한 번만 전도할 수 있는 3차원의 복음을 맞이할 사도가 될 것이라

기대했소. 하지만 이젠 어떻게 설득해야 할지를 모르겠구려. 잠깐 기다려보시오. 내게 방법이 있소. 말이 아닌 행동이 진실을 증명해줄 것이오. 나의 친구여, 잘 들어보시오.

공간에 있는 내 위치에서는 당신이 닫혀 있다고 생각하는 사물들의 내부를 모두 볼 수 있다고 하지 않았소. 예를 들어, 나는 당신이 서 있는 곳 가까이에 있는 저쪽의 벽장 안을 볼 수 있소. 당신이 상자라고 부르는 것들이 몇 개 있고 그 안은 돈으로 가득 차 있는 것이 보입니다. (하지만 플랫랜드의 다른 모든 것이 그렇듯 위나 아래는 없습니다.) 회계장부도 두 권이 있군요. 내가 그 벽장 속으로 내려가서 장부 한 권을 당신에게 가져다주겠소. 30분 전에 당신이 그 벽장을 잠그는 것을 보았어요. 그리고 열쇠는 당신의 소지품 속에 있다는 것도 알고 있소. 자, 이제 공간에서 내려갑니다. 당신도 보다시피 문들은 전혀 흔들리지 않았소. 지금 나는 벽장 속에 들어와서 그 장부를 손에 들었소. 이제 장부를 들고 올라갈 거요.

나는 벽장으로 달려가 문을 활짝 열어젖혔다. 장부들 중 한 권이 없었다. 비웃는 듯한 웃음소리와 함께 그 이방인은 방의 다른 쪽 구석에 나타났고 거의 동시에 그 장부가 마룻바닥 위에 나타

158

났다. 나는 장부를 들어올렸다. 의심의 여지가 전혀 없었다. 그것은 사라진 그 장부였다.

내가 실성한 것은 아닐까 하는 두려움에 휩싸여 신음소리를 냈지만, 그 이방인은 말을 계속했다. "이제 당신은 나의 설명이 현상들과 일치한다는 것을 분명이 보았을 것이오. 당신이 입체라고 부르는 것은 사실 피상적인 것일 뿐이오. 당신이 공간이라 부르는 것도 사실은 거대한 평면일 뿐이고. 당신이 외부만을 볼 수 있는 것들의 내부를 나는 공간 속에서 내려다보고 있는 것이오. 의지만 있다면 당신 스스로 이 평면을 떠날 수도 있소. 위쪽이나 아래쪽으로 아주 조금만 움직이면 내가 볼 수 있는 것들을 모두 볼 수 있는 것이오."

"내가 지금보다 더 높이 올라가 당신의 평면에서 더 멀어진다면 당연히 더 작게 보이겠지만 더 많은 것들을 볼 수 있소. 자, 지금 올라가고 있습니다. 이제 당신의 이웃인 육각형과 그의 가족들이 각자의 방에 있는 것을 볼 수 있소. 지금은 극장 안을 보고 있는데, 10개의 문이 열려 있고 관객들이 이제 막 떠나기 시작했군요. 다른 쪽에서는 동그라미 한 명이 서재에 앉아 책을 읽고 있군요. 이제 당신에게 돌아가야겠습니다. 그리고 이제 가장 명확한 증거로서 내가 당신의 배를 아주 살짝 건드리는 건 어떨까요? 심하게 다치게 하지는 않을 겁니다. 당신이 얻게 될 정신적 이익과는 비교할 수 없을 정도로 아주 미미한 통증만 느끼게될 겁니다."

싫다고 항의를 하기도 전에 내부에서 욱신거리는 통증을 느꼈다. 나의 내면에서 귀신들린 웃음소리가 터져 나오는 것만 같았다. 매서운 통증이 멈추고 잠깐 동안 묵직한 아픔만이 남아 있을때, 이방인이 다시 나타나기 시작했다. 크기가 점점 커지면서 그가 말했다.

"그다지 많이 아프지는 않았을 겁니다. 그렇죠? 만약 지금도확신하지 못한다면 앞으로 어떻게 해야 할지는 나도 모르겠소. 어떻게 생각하시오?"

나는 굳게 결심했다. 제멋대로 찾아와 사람의 배를 이용해 그런 속임수를 펼칠 수 있는 마술사에게 당하고 있는 상황을 도저히 견딜 수가 없었다. 어떻게 해서든 도움을 줄 사람이 올 때까지그를 벽에 밀어붙여 꼼짝 못하게 할 수만 있다면 얼마나 좋을까!

나는 다시 한 번 단단한 모서리로 그를 향해 돌진했다. 동시에

도와달라고 외치면서 가족들에게 신호를 보냈다. 내가 공격하는 그 순간 이방인은 우리의 평면 밑으로 쓰러졌고 일어서기는 어려울 것 같았다. 어쨌든 도움을 주러 다가오는 소리가 들리는 것 같아, 내가 더욱 강하게 짓누르며 도와달라고 계속 외치고 있는 동안 그는 꼼짝 못하고 있었다.

구는 온몸을 부들부들 떨었다. "이래서는 안되는데." 그가 이렇게 말하는 것 같았다. "기어이 내 말을 듣지 않겠다면, 문명의 마지막 수단을 쓸 수밖에 없겠군." 그러더니 목청을 높이며 다급하게 외쳤다. "내 말을 들어보시오. 당신이 목격한 것을 아무도 봐서는 안 돼요. 당신의 아내가 이 방에 들어오기 전에 즉시 돌아가라고 하시오. 3차원의 복음이 이렇게 무산되어서는 안 됩니다. 천년 동안 기다려온 성과를 이렇게 내팽개쳐버리면 안됩니다. 그녀가 오는 소리가 들리는구려. 물러서시오! 물러서! 내게서 떨어지지 않으면 당신은 나와 함께 가야만 해요. 당신이 어디인지도 모르는 3차원의 땅으로 가야 한단 말이오."

"멍청이! 미치광이! 불규칙도형 같으니라구!" 나는 외쳐댔다. "난 너를 절대로 놓아주지 않을 거다. 네가 저지른 사기에 대한 처벌을 꼭 받아야만 해."

"아하! 결국 이렇게 되는 것인가?" 이방인은 호통을 내질렀다. "그렇다면 당신의 운명을 받아들이시오. 이제 당신은 평면 밖으로 나갈 것이오. 하나, 둘, 셋! 이제 됐소!"

18

나는 어떻게 스페이스랜드에
오게 되었으며, 무엇을 보았나

말로는 표현할 수 없는 공포가 밀려왔다. 사방이 캄캄해지더니 평소에 보던 것과는 다른 어질어질하고 구역질을 일으키는 광경이 펼쳐졌다. 선을 보았지만 선이 아니었고, 공간은 공간이 아니었다. 평상시의 나였지만 그건 내가 아니었다. 겨우 목소리를 낼 수 있게 되었을 때, 나는 고통에 휩싸여 날카롭게 부르짖었다.

"내가 미친 것이 아니라면 여기는 지옥이로군."

그러자 구체가 차분한 목소리로 대답했다.

"둘 다 아니오. 이건 지식이고, 3차원이오. 다시 한 번 눈을 크게 뜨고 찬찬히 보려고 해보시오."

나는 찬찬히 살펴보았고, 마침내 새로운 세상을 목격했다! 내가 과거에 추측하고, 추론하고, 꿈꾸었던 완벽한 원형의 아름다움에 관한 모든 것이 내 눈앞에 시각적으로 구체화되어 나타났다. 그 이방인의 모습에서 중심이라고 생각했던 것이 내 시야에 펼쳐졌지만, 심장이나 폐는 물론 동맥도 볼 수 없었고 단지 아름답게 조화를 이루고 있는 무언가를 보게 되었다. 스페이스랜드에 사는 여러분은 그것을 구의 표면이라 부르고 있겠지만, 내게는 그것을 표현할 말이 전혀 없었다.

나의 인도자에게 정신적으로 완전히 굴복하게 된 나는 이렇게 외쳤다.
"오, 더할 나위 없이 사랑스럽고 지혜로운 신성한 이상형이시여, 제가 당신의 내부를 보았으나 스승님의 심장, 폐, 동맥, 간장은 어찌하여 식별할 수 없는 것입니까?" 그는 대답했다.

"네가 본다고 생각하는 것을 너는 보지 못할 것이다. 너는 물론이고 그 어느 누구도 나의 내부를 보지 못한다. 나는 플랫랜드의 사람들과는 전혀 다른 체계로 이루어진 존재다. 내가 동그라미였다면, 네가 나의 내장기관을 식별할 수 있겠지만, 전에도 말했듯이 나는 수많은 동그라미들로 이루어진 존재다. 하나의 동그라미 속에 수많은 동그라미가 있는 존재로 이곳에서는 구라고 부

164

른다. 그리고 입방체의 겉모습이 사각형인 것처럼 구는 동그라미의 모습으로 나타난다."

내 스승의 수수께끼 같은 말씀에 당황했지만 나는 더 이상 조급하게 굴지 않았다. 단지 말없는 경배로 그를 숭배할 뿐이었다. 그분은 좀 더 상냥한 목소리로 말을 이어갔다.

"스페이스랜드의 심원한 불가사의들을 지금 즉시 이해할 수 없다 해도 자책하지는 말도록 해라. 서서히 네 눈앞에 드러나기 시작할 것이다. 이제 네가 왔던 지역을 잠시 돌아보기로 하자. 나와 함께 플랫랜드의 평면으로 잠시 돌아가도록 하자. 그러면 네가 그토록 자주 추론하고 생각해왔지만 시각으로는 보지 못했던 눈에 보이는 각을 보여주도록 하겠다."

"불가능한 일입니다!" 나는 그렇게 외쳤지만 구는 길을 안내했고, 그의 목소리가 다시 한 번 제지할 때까지 나는 마치 꿈속인 것처럼 따라갔다.

"저기를 보아라, 너의 오각형 집과 그곳에 살고 있는 사람들을 모두 보아라."

아래를 내려다보던 나는 지금까지 단순하게 지식으로 추론해왔던 집안의 모든 사람들을 내 눈으로 보았다. 지금 내가 직접 보고 있는 현실과 비교해 내가 추측해왔던 것은 얼마나 터무니없고 허망한 것이었는지! 나의 아들 넷은 북서쪽 방에서 평온하게 잠들어 있었고, 부모를 잃은 손자 둘은 남쪽 방에 있고, 하인들과 집사, 나의 딸은 모두 각자의 방에 있었다. 내가 없어진 것에 놀란 사랑스러운 아내만이 자신의 방에서 나와 내가 돌아오기만을 애타게 기다리며 거실을 위아래로 서성이고 있었다. 또한 나의 비명소리에 잠에서 깬 어린 시동도 자신의 방을 나와 내가 어디선가 기절해 있는 것은 아닌지 확인이라도 하려는 듯, 내 서재에 있는 벽장을 살펴보고 있었다. 이제 이 모든 것들을 단순히 추론하는 것이 아니라 볼 수 있었다. 그리고 우리가 점점 더 가까이 다가가면서 내 벽장 속의 물건들과 두 개의 금괴와 구가 언급했

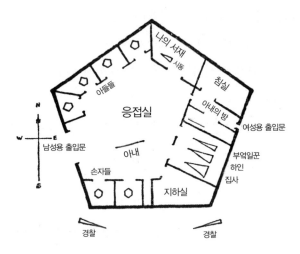

던 장부를 식별할 수 있었다.

아내가 걱정하는 것에 마음이 흔들린 나는 그녀를 안심시키기 위해 아래로 달려가려 했지만 전혀 움직일 수 없다는 것을 알았다.
"아내에 대해선 걱정하지 말아라." 나의 인도자가 말했다. "걱정을 그리 오래 하진 않을 것이다. 그동안 우리는 플랫랜드를 관찰해보기로 하자."

다시 한 번 내 몸이 공간으로 떠오르는 것을 느꼈다. 구가 말했던 그대로였다. 우리가 보고 있던 대상들로부터 더 멀어질수록 보이는 범위가 더 넓어졌다. 모든 집들과 그곳에 있는 모든 사람들과 함께 나의 고향 마을이 내 눈앞에 축소되어 펼쳐졌다. 우리는 더욱 높이 놀라갔다. 그러자 비밀스러웠던 대지와 깊숙한 광산과 언덕 안쪽에 있는 동굴들이 내 눈앞에 그대로 드러났다.

미천한 나의 눈앞에 정체를 드러낸 신비스러운 대지의 모습에 압도된 나는 동반자에게 말했다.
"이럴 수가 있다니. 제가 마치 신이라도 된 것 같군요. 우리 나라의 현자들은 만물을 보는 능력, 또는 그들의 표현대로 하자

면 '모든 것을 보는 능력'은 오직 신에게만 있는 것이라고 했거든
요."

대답하는 스승님의 목소리에는 약간의 비웃음이 담겨 있었다.

"실제로 그렇단 말인가? 그렇다면 우리나라의 소매치기와 살
인자들 중에 지금 네가 보고 있는 것만큼 보지 못하는 자는 한 명
도 없으니, 그 현자들이 신으로 숭배하겠군. 그러니 나를 믿어
라. 너의 현자들은 틀렸다."

나 : 그렇다면 모든 것을 보는 능력은 신들이 아닌 다른 사람
들에게 있는 것인가요?

구 : 나는 모른다. 하지만 만약 우리나라의 소매치기나 살인자
가 너의 나라에 있는 모든 것을 볼 수 있다면, 그것이 소매치기
나 살인자를 신으로 받들어야 할 이유는 분명 아닐 것이다. 네가
말하는 '모든 것을 보는 능력'이란 것은 스페이스랜드에서는 일반
적인 단어가 아니다. 그 능력이 너를 더 정의롭게, 더 인정 많게,
더 이기적이지 않게, 더 사랑스럽게 해주는가? 전혀 그렇지 않
다. 그렇다면 그 능력이 어떻게 너를 더욱 신성하게 만들 것이란
말인가?

나 : '더 인정 많고, 더 사랑스럽게'라니요. 그것들은 여성들의 특성입니다. 우리는 단순한 애정보다 지식과 지혜가 더 존중받는 한, 동그라미가 직선보다 더 고등한 존재라는 것을 압니다.

구 : 나는 장점에 따라 인간의 재능을 분류하지 않는다. 하지만 스페이스랜드의 가장 훌륭하고 현명한 사람들은 대부분 지식보다 애정을 더 중요하게 생각한다. 그래서 너희들이 격찬하는 동그라미보다 너희들이 경멸하는 직선을 더욱 더 귀하게 여긴다. 하지만 이 이야기는 그만 하도록 하자. 저기를 보라. 저 건물을 알고 있나?

나는 멀리 떨어진 곳에 있는 거대한 다각형 건축물을 보았다. 플랫랜드의 국회의사당이었다. 서로 직각을 이루며 촘촘하게 줄지어 선 육각형 건물들로 둘러싸인 그곳은 내가 중심가라고 알고 있던 곳이었다. 그래서 내가 지금 대도시로 다가서고 있는 중이라는 것을 알아차렸다.

나의 인도자가 말했다. "여기로 내려가자." 때는 아침이었고 우리 연대의 2000번째 해의 첫째 날의 첫 번째 시간이었다. 1000년의 첫째 날의 첫 번째 시간과 0년의 첫째 날의 첫 번째 시간에도 모였던 것처럼, 최고위급 동그라미들은 관습대로 선례에 따라 엄숙한 비밀회의를 열고 있었다.

이제는 완벽하게 대칭을 이룬 사각형이며 최고위원회의 서기장이 과거에 열렸던 모임들에서 남겨놓은 의사록을 읽고 있었다. 그 서기장이 나의 동생이라는 것을 즉시 알아차렸다. 각각의 모임에서는 다음과 같은 기록이 남아 있었다.

"국가는 다른 세상으로부터 계시를 받았다고 가장하면서, 자신들은 물론 다른 사람들까지 격렬하게 선동하여 시위를 일으키겠다고 공언하는 사악한 의도를 지닌 인물들로 인해 어려움을 겪었다. 그런 까닭에 최고위원회는 다음과 같이 만장일치로 결의한다. 즉, 천년의 첫째 날에 플랫랜드의 여러 지역에 있는 장관들에게 특별한 강제명령을 내려 그렇게 미혹된 자들을 엄격하게 찾아내고 수학적 검토라는 정식 절차 없이 이등변삼각형은 모두 파괴하고, 정삼각형은 채찍질하여 수감하며, 사각형이나 오각형은 지역의 보호시설로 보내도록 하며, 고위층의 누구든 체포하여 즉시 수도로 보내 위원회의 조사 및 판결을 받도록 한다."

"지금 너의 운명을 듣고 있는 것이다." 평의회가 세 번째로 그

공식 결의안을 통과시키고 있는 동안 구가 내게 말했다. "3차원 복음의 사도를 기다리는 것은 죽음이거나 감금이다."

나는 대답했다. "그렇지 않습니다. 이제 저는 문제를 명확히 알게 되었습니다. 진정한 공간의 특성은 너무 명백하므로 제 생각엔 어린아이라도 이해시킬 수 있습니다. 지금 당장 내려가 그들을 계몽하도록 허락해주십시오."

나의 인도자가 말했다. "아직은 안 된다. 그럴 때가 곧 올 것이다. 당분간은 전도활동을 해야만 한다. 너는 그 자리에 남아 있도록 해라." 이렇게 말하면서 그는 위원들의 한가운데인 플랫랜드의 바다(만약 이렇게 불러도 된다면) 속으로 매우 재빠르게 뛰어들었다. 빙 둘러 서 있는 의원들의 한가운데 서서 그는 큰소리로 외쳤다.

"나는 3차원의 땅이 있다는 것을 선포하기 위해 왔다."

구체의 둥근 단면이 자신들 앞에서 점점 넓어지자, 젊은 위원들 대부분이 공포에 질려 뒤로 물러서는 것을 볼 수 있었다. 그러나 의장 동그라미가 신호를 하자 — 그는 조금도 불안해하거나 놀라지 않았다. — 여섯 군데의 서로 다른 지역에서 파견된 열등한 유형의 이등변삼각형 여섯 명이 구체를 향해 돌진했다.

"그 자를 잡았습니다." 그들이 외쳤다. "아니, 놓쳤습니다. 잡

앗습니다. 여전히 그 자를 잡고 있습니다. 아니, 그 자가 도망가고 있습니다. 그 자가 사라졌습니다."

의장이 위원회의 젊은 동그라미들에게 말했다. "의원님들, 전혀 놀랄 필요가 없습니다. 나만이 접근할 수 있는 비밀문서들을 통해 이와 비슷한 사건이 지난 두 번의 천년이 시작되는 날 발생했다는 것을 이미 알고 있었소. 당연하게도 이런 사소한 일은 회의실 밖에서 말하지는 마십시오."

그는 이제 목청을 높이며 근위대를 호출했다.
"경찰들을 체포해 재갈을 물리도록 하라. 너희들의 임무를 잘 알고 있겠지."
(운 나쁘게도 의도치 않게 누설해서는 안되는 국가의 비밀을 목격한) 불쌍한 경찰들의 운명을 근위대에 넘긴 후, 그는 다시 위원들에게 말했다.
"의원님들, 위원회의 일은 이제 모두 끝났습니다. 여러분이 행복한 새해를 맞이하시길 바랄 뿐입니다."
그 자리를 떠나기 전에 그는 훌륭하지만 가장 불행한 나의 동생인 서기장에게 조금은 장황하게 심심한 유감을 표명했다. 선례에 따라 그리고 비밀을 유지하기 위해 종신형을 선고할 수밖에

없지만, 오늘의 사건에 대해 아무 말도 하지 않는다면 목숨만은
살려주겠다는 보상안을 덧붙였다.

19

구가 스페이스랜드의 다른 불가사의들도 보여주었지만, 더 많이 알고 싶었던 나에게 어떤 일이 생겼나

감옥으로 끌려가는 불쌍한 동생을 보며 나는 회의장으로 급히 뛰어내리려 했다. 동생을 대신해 중재하거나 적어도 작별인사는 하고 싶었기 때문이었다. 하지만 몸을 마음대로 움직일 수 없다는 것을 알게 되었다. 나는 완전히 인도자의 의지에 따라 움직이고 있었다. 그는 우울한 목소리로 말했다.

"너의 형제에 대해선 신경 쓰지 마라. 필시 그를 위로해줄 시간이 충분히 있을 것이다. 나를 따라오라."

다시 한 번 공간 속으로 올라온 구가 말했다.

"지금까지는, 너에게 평면도형과 그들의 내부만을 보여주었다. 이제 입체를 소개하고 그것들이 구축되는 방식을 알려주겠

174

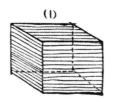

(I)

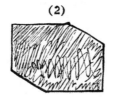

(2)

다. 여기 움직일 수 있는 사각형 카드들이 많이 있다. 자, 내가
한 장의 카드를 다른 카드 위에 올려놓겠다. 네가 상상했던 것처
럼 다른 카드의 북쪽이 아니라 '다른 카드의 위에' 올려놓는 것이
다. 이제 두 번째 카드와 세 번째 카드를 올려놓는다. 자, 이렇게
많은 사각형들이 서로 평행을 이루며 하나의 입체를 만들고 있는
중이다. 자, 이제 입체가 완성되었다. 길이와 너비만큼의 높이도
있는 이것을 우리는 입방체라 부른다."

나는 대답했다. "스승님, 죄송합니다만, 제 눈에는 내부가 훤
히 보이는 불규칙도형처럼 보입니다. 다시 말해, 입체는 전혀 보
이지 않고 단지 플랫랜드에서 우리가 추론하는 것과 같은 평면일

뿐이라고 생각합니다. 그저 극악무도한 범죄자가 될 것 같은 불규칙도형일 뿐이어서 제가 보기에는 너무나 고통스러운 장면입니다."

구가 말했다. "그렇겠지, 빛과 그림자 그리고 원근법(역자주: 인간 예술의 역사에서 원근법의 발견은 5백여년 전이다. 르네상스 시대의 화가, 건축가들에 의해 연구되었다. 3차원의 물체를 2차원적 평면에 묘사하는 기법)에 익숙하지 않은 너에게는 평면으로 보일 것이다. 그건 마치 플랫랜드에서 시각인식 기술이 없는 사람에게 육각형이 직선으로 보이는 것과 같은 일이다. 하지만 실제로 이것은 입체다. 느낌으로 인식해보면 알게 될 것이다."

그리고 나서 그 입방체를 직접 만나게 해주었으며, 나는 이 믿기 어려운 존재가 실제로 평면이 아닌 입체라는 것을 알게 되었다. 그리고 그 입체에는 6개의 평평한 면과 입체각이라는 8개의 끝점이 있었다. 공간에서는 하나의 사각형을 평행으로 이동시키는 것으로 이와 같은 피조물이 만들어진다고 했던 구의 말이 기억났다. 나처럼 지극히 하찮은 피조물이 어떤 의미에서는 그처럼 뛰어난 자손의 조상으로 불릴 수도 있겠다는 생각이 들자 무척 기뻤다.

하지만 나는 여전히 스승님이 말해주었던 '빛'과 '그림자' 그리고 '원근법'의 의미를 완벽하게 이해할 수는 없었다. 주저하지 않고 내가 느끼고 있던 어려움을 밝혔다.

비록 이러한 문제들에 대한 구의 설명을 간결하고 명확하게 소개한다 해도, 이런 일들을 이미 알고 있는 공간의 여러분들에겐 지루한 일일 것이다. 그러니 알기 쉽게 설명하면서 대상과 빛의 위치를 변화시키고, 몇 가지 대상들은 물론 자신의 신성한 몸까지 직접 느껴보도록 하면서 그가 마침내 모든 것을 명확하게 이해시켜 주었다는 것 정도만 말해도 충분할 것이다. 그래서 나는 이제 동그라미와 구, 평면도형과 입체 사이를 즉시 구별할 수 있게 되었다.

여기까지가 기묘하고도 파란만장한 내 이야기의 클라이맥스이며, 에덴동산이었다. 이제부터는 나의 비참한 타락에 대해 이야기해야 하리라. 무척이나 비참하지만 분명 무척이나 과분한 타락이었다!

어찌해서 그저 낙담하고 벌이나 받게 될 뿐인 지식을 갈망했던 것일까! 그동안 겪었던 굴욕을 다시 기억해내야 하는 고통스러운 과제는 나의 의지를 한껏 위축시킨다. 그러나 제2의 프로메테우스처럼 나는 이 일은 물론 더 나쁜 일도 견뎌낼 것이다. 어떤 방법으로든 평면과 입체 인류의 내면에 우리의 차원을 2나 3 또는 무한대에 미치지 못하는 그 어떤 수에 한정시키려는 자만심에 저항하는 반항의 정신을 불러일으킬 수만 있다면! 그렇다면 모든 사사로운 일들은 포기해야 하리라! 처음 시작했을 때처럼 군더더기나 섣부른 예단 없이 공평무사한 역사의 순수한 길을 끝까지 추구하리라. 정확한 사실들과 정확한 언어로, — 그것들은 지금 나의 머릿속에 각인되어 있다 — 티끌만큼도 왜곡하지 않고 써내려갈 것이다. 그리하여 독자들께서 나와 신의 뜻 사이에 어떤 차이가 있는지 판단하도록 하리라.

구는 기꺼이 모든 정다면체들과 원통, 원뿔, 피라미드, 5면체, 6면체, 12면체 그리고 구의 구조를 가르치는 수업을 이어나갔다. 하지만 나는 감히 그의 말을 가로막고 나섰다. 지식에 싫증이 나서 그랬던 것은 아니었다. 그와는 반대로, 나는 그가 가르쳐주고 있던 것보다 더 심원하고 더 완전한 설계도를 갈망했다.

나는 이렇게 말했다. "용서해주십시오. 제가 더 이상 스승님을 완성된 아름다움이라 부를 수 없습니다. 하지만 당신의 종에게

178

당신의 내부를 볼 수 있도록 허락해주시기를 간청합니다."

구 : "나의 무엇을?"

나 : "스승님의 내부 말입니다. 스승님의 위와 장을 보고 싶습니다."

구 : "어찌하여 이런 엉뚱한 때에, 당치도 않은 요구를 하느냐? 내가 더 이상 모든 아름다움의 완성이 아니라는 말은 또 무슨 뜻이냐?"

나 : 스승님, 스승님의 지혜를 통해 한층 더 위대하며, 한층 더 아름다우며, 보다 더 완벽에 가까운 존재를 열망하게 되었습니다. 많은 동그라미들을 하나로 결합하여 플랫랜드의 모든 형태들보다 우월하신 스승님이 그렇듯이 분명 스승님을 뛰어넘는 존재가 있을 것입니다. 스페이스랜드의 입체들마저 뛰어넘는, 많은 구들을 결합한 궁극의 존재 말입니다. 지금 우리가 공간에서 플랫랜드를 내려다보면서 모든 사물들의 내부를 보고 있듯이, 우리를 뛰어넘는 한층 더 높고, 더 순수한 지역이 있을 것이 분명합니다. 스승님께서는 분명 저를 그곳으로 데려가시려 할 것입니다.

제가 언제 어디에서나 모든 차원들 속에서도 저의 사제이며, 철학자 그리고 친구라고 부르게 될 스승님께서 한층 더 넓은 공간, 한층 더 많은 차원이 가능한 차원으로 저를 데려다주실 겁니다. 모든 것이 잘 보이는 그곳에서 우리는 드러난 입체들의 내부를 함께 보게 될 것입니다. 이미 많은 지식을 전해 받고 플랫랜드에서 벗어난 이 가련한 망명자의 시야에도 스승님의 내부와 스승님의 동족인 구들의 내부가 훤히 드러나게 될 것입니다.

구 : 어허! 이제 그만 해라! 시시한 농담은 이제 됐다! 시간이 없다. 네가 무지몽매한 플랫랜드 사람들에게 3차원의 복음을 포교할 준비를 갖추기 전에 해야 할 일들이 아직 많이 남아 있다.

나 : 아닙니다. 자비로우신 스승님, 제가 알게 된 것을 스승님께서 실행할 능력이 있다는 것을 부정하지 마십시오. 저에게 스승님의 내부를 한번만 보여주신다면 저는 영원히 만족할 것입니다. 그 후로는 스승님의 유순한 제자이며, 해방되지 않을 노예로 남아 모든 가르침을 받아들이고, 스승님의 입술에서 나오는 모든 말씀으로 살아갈 준비가 되어 있습니다.

구 : 좋다. 그렇다면 네가 만족하여 침묵하도록 즉시 말하겠

다. 네가 원하는 것을 내가 할 수만 있다면 너에게 보여주겠지만, 나는 그렇게 할 수가 없다. 네 소원을 들어주기 위해 내 위장을 뒤집어보란 말이냐?

나 : 하지만 스승님께서는 저를 3차원의 나라로 데리고 오셔서 2차원의 땅에 있는 내 동족들의 내부를 보여주셨습니다. 그러므로 이제 스승님의 종을 4차원의 축복받은 지역으로 두 번째 여행을 시켜주시는 것은 더욱 쉬운 일입니다. 그곳에서 저는 다시 한 번 여기 3차원의 땅을 내려다볼 것입니다. 모든 3차원 집의 내부와 입방체인 지구의 비밀들과 스페이스랜드에 있는 광산들의 보물과 살아 있는 모든 입체 생명체들과 심지어는 고귀하고 숭배해야 마땅한 구들의 내부를 보게 될 것입니다.

구 : 하지만 그 4차원의 땅이 어디에 있단 말이냐?

나 : 저는 모릅니다. 하지만 스승님께서는 분명히 알고 계실 겁니다.

구 : 나도 모른다. 그런 땅은 어디에도 없다. 그 땅이 있다는 생각 자체를 믿기 어렵구나.

나 : 스승님, 저에겐 믿기 어려운 일이 아닙니다. 그러니 스승님께는 더욱 그럴 것입니다. 아닙니다, 여기 3차원의 지역에서도 스승님의 솜씨로 4차원을 보여주실 수 있다는 것을 저는 단념하지 않을 겁니다. 비록 제가 보지는 못했지만, 2차원의 세계에서 이 눈먼 노예의 눈에는 보이지 않던 3차원의 존재를 스승님의 솜씨로 보게 해주셨던 것처럼 그렇게 하실 수 있습니다.

지난 일들을 돌이켜보시지요. 제가 저 아래 세상에서 선을 보고 평면이라 추론했을 때, 사실은 밝기와 다른 '높이'라 부르는, 제가 인식하지 못하는 세 번째 차원을 보는 것이라고 배우지 않았습니까? 그렇다면 지금 이 지역에서 제가 평면을 보고 입체라고 추론할 때, 사실은 제가 인식하지 못하는 네 번째 차원을 보고 있는 것이라고 이해해서는 안 되는 것일까요? 색깔과는 다르고 비록 극히 작으며 측정할 수는 없지만 존재하는 그것 말입니다.

이것 외에도, 도형의 유추에서 비롯된 논거도 있습니다.

구 : 유추라니! 터무니없는 말이로군. 대체 어떻게 유추했단 말인가?

나 : 스승님께서는 자신의 종이 그동안 전달받은 계시를 제대로 기억하고 있는지 확인하려 하시는군요. 스승님, 저를 우습다고 생각하진 마십시오. 저는 더 많은 지식을 간절히 원합니다. 더 많은 지식을 갈망합니다. 우리의 내장에 눈이 없기 때문에 지금은 더 높은 차원의 다른 스페이스랜드를 볼 수 없는 것은 분명합니다. 하지만 그 가련하고 미약한 라인랜드의 군주가 왼쪽이나 오른쪽으로 몸을 돌리지 못해 알아보지 못했지만 플랫랜드의 영역은 분명히 있었습니다. 그리고 비록 몽매하고 어리석어 비천한 저는 만져볼 힘도 없었고 내부에 식별할 눈도 없었지만, 아주 가까운 곳에 저의 틀을 건드리던 3차원의 땅이 있었습니다. 그러니 스승님께서 내적인 사고의 눈으로 인식하시는 4차원은 틀림없이 있습니다. 그것이 반드시 존재한다는 것을 저에게 가르쳐주셨습니다. 그렇지 않았다면 자신의 종에게 직접 전해주신 것을 기억하지 못하실 수 있을까요?

1차원에서는 움직이는 점이 2개의 끝점을 지닌 선을 만들지 않았습니까?

2차원에서는 움직이는 선이 네 개의 끝점을 지닌 사각형을 만들지 않았나요?

3차원에서는 움직이는 사각형이 — 저의 눈으로는 보지 못했지만 — 8개의 끝점을 지닌 축복받은 존재인 입방체를 만들어내지 않았습니까?

그렇다면 4차원에서는 움직이는 입방체가 — 아아, 유추를 위하여, 만약 그렇지 않다 해도 진실의 진보를 위하여 — 말하자면, 신성한 입방체의 움직임이 16개의 끝점이 있는 한층 더 신성한 유기체를 만들어내지 않을까요?

2, 4, 8, 16으로 이어지며 확정된 무오류의 수열을 보십시오. 이것은 등비수열이 아닙니까? 이것은 — 스승님의 말씀을 인용하자면 — '엄격하게 유추에 따른' 것이 아닙니까?

다시 말하자면, 제가 스승님께 하나의 선에는 두 개의 인접하는 점이 있으며, 사각형에는 네 개의 인접하는 선들이 있으므로 입방체에는 6개의 인접한 사각형들이 있어야만 한다고 배우지 않았습니까? 한 번 더 확정된 수열인 2, 4, 6을 보십시오. 이것은 등차수열이 아닙니까? 따라서 4차원의 땅에서 신성한 입방체의 더욱 신성한 자손은 8개의 인접한 입방체들을 가지고 있어야만 한다는 것으로 이어져야 하지 않겠습니까? 또한 이것은 스승님께서 제게 믿으라고 가르치셨듯이, '엄격하게 유추에 따르는 것' 아닙니까?

오, 스승님, 보십시오! 저는 사실들은 모르지만 추론에 근거한 믿음을 갖게 되었습니다. 부디 스승님께서 저의 논리적인 예측들을 인정하거나 부인해주시기를 간청합니다. 만약 제가 틀렸다면, 포기하겠습니다. 더 이상 4차원에 대해 묻지 않겠습니다. 하지만 제가 옳다면 스승님께서 이성에 귀를 기울이셔야 합니다.

그러므로 저는 스승님 세계의 사람들에게도 자신들보다 더 고등한 신분의 존재가 내려와, 스승님께서 저의 방에 들어오셨던 것처럼, 문이나 창문을 열지도 않고도 폐쇄된 방으로 들어와 마음대로 나타났다가 사라졌던 사실이 있었는지를 묻고 있는 것입니다. 이 질문에 대한 답변에 따라 저는 모든 것을 걸 준비가 되어 있습니다. 부인하신다면 저는 이제부터 조용히 할 것입니다. 오직 대답만 내려주십시오.

구 : (잠시 생각한 후에) 그렇다는 보고는 있었다. 하지만 그런

사실들에 대한 인간들의 의견은 나뉘어졌다. 그 사실들을 인정할지라도 그들은 전혀 다른 방식으로 그것을 설명하고 있다. 그러나 어떤 경우이든, 서로 다른 설명들이 제아무리 많다 해도 4차원의 이론을 채택하거나 제안하는 사람은 아무도 없었다. 그러니 바라건대, 이 하찮은 일은 그만 접어두고 우리가 해야 할 일로 돌아가도록 하자꾸나.

나 : 저는 이 문제를 확신했습니다. 저의 예측들이 맞아떨어질 것이라 확신했습니다. 최고의 스승님이시여, 제가 지금 한 가지 더 여쭤는 것을 용서하십시오. 어디에서 왔는지 아무도 모르지만, 그렇게 나타났다가, 어디로 갔는지 아무도 모르지만, 돌아갔던 사람들도 역시 자신들의 단면을 축소시키고 어쨌든 보다 넓은 공간 속으로 사라졌다면, 저를 지금 그곳으로 안내해달라고 간청해도 될까요?

구 : (언짢은 듯이) 만약 그들이 나타난 적이 있었다면, 그들은 분명 그렇게 사라졌겠지. 하지만 대부분의 사람들은 이런 광경은 생각 속에서 일어난 환상이라 말한다. — 너는 나를 이해하지 못하겠지만 — 뇌에서 즉, 선각자의 혼란스러운 뾰족한 모서리에서 일어났던 일이라고 말한다.

나 : 그들이 그렇게 말합니까? 오, 그들을 믿지 마십시오. 만약 실제로 그렇다면, 이 다른 공간이 실제로 '생각의 나라'라면, 제가 '생각'으로 모든 입체의 내부를 보게 될 그 축복받은 지역으로 저를 데려가주십시오. 그곳에서 저의 황홀한 눈앞에, 하나의 입방체가 전혀 새로운 어떤 방향으로 움직이지만 엄격히 유추에 따른 것이지요. 그의 내부에 있는 모든 입자들이 저마다 궤적을 그리며 새로운 종류의 공간을 지나쳐가 자신보다 더 완벽하게 완성된 모습을 만들어낼 것입니다. 말단에는 16개의 추가적인 입체각이 있고 둘레에는 8개의 입체 입방체들이 있겠지요. 일단 그곳에 간다면, 더 높은 곳을 향한 우리의 행로를 멈춰야 할까요? 그 4차원의 축복받은 지역에 머물면서 5차원의 문턱에서 우물쭈물하며 그곳으로 들어서지 말아야 할까요? 아, 그래서는 안 됩니다! 오히려 우리의 육체적인 상승과 더불어 우리의 포부도 날아오르겠다고 결심해야 합니다. 그렇게 한다면, 우리들의 지적인 공격에 굴복하여 6차원의 문이 활짝 열릴 것입니다. 그 후로는 7차원이 또 그 다음으론 8차원이……

내가 얼마나 오랫동안 이야기를 했는지 모르겠다. 구는 천둥 같은 목소리로 조용히 할 것을 거듭해서 명령했다. 그리고 계속

고집을 피운다면 가장 비참한 벌을 내리겠다고 협박했다. 그 어떤 것도 나의 황홀한 열망의 홍수를 막을 수는 없었다. 어쩌면 나의 잘못이겠지만, 사실 나는 그가 내게 직접 소개해준 진실의 새로운 설계도에 도취되어 있었다. 하지만 그 끝은 오래지 않아 다가왔다.

외부의 충격 그리고 그와 동시에 나의 내부에서 일어난 충격이 나의 말을 가로막았다. 그리고 말할 수 없을 정도의 속도로 공간 속으로 빨려 들어갔다. 아래로! 아래로! 아래로! 나는 엄청난 속도로 떨어져 내렸다. 그리고 나서야 플랫랜드로 돌아가는 것이 나의 운명임을 알게 되었다. 그때 나는 힐끗 보게 되었다. 내 눈앞에 펼쳐진 그 활기 없고 평평한 미개지를 마지막으로 한번 힐끗 보았던 것은 절대 잊지 못하리라. 그곳이 이제 다시 나의 우주가 되려 하고 있었다.

그리고는 어둠이 몰려왔고, 최종적으로 모든 것을 마무리하는 천둥소리가 들렸다. 그리고 내가 정신을 차렸을 때, 나는 다시 한번 땅위를 기어 돌아다니는 평범한 사각형이 되어 내 집의 서재에서 가까이 다가오며 아내가 내고 있는 평화의 소리를 듣고 있었다.

20

꿈속에서 구가 나를 격려하다

비록 생각할 시간이 1분도 채 되지 않았지만, 나는 직감적으로 그동안 겪었던 일들을 아내가 모르게 해야 한다고 생각했다. 그 순간에 그녀가 나의 비밀을 누설할 위험이 있다고 걱정했던 건 아니었다. 하지만 플랫랜드의 어떤 여성에게도 나의 모험에 대한 이야기는 분명 이해하기 어렵다는 것을 알고 있었다. 그래서 나는 우연히 지하실의 들창을 열다 떨어졌고, 기절해 그곳에 누워 있었다는 이야기를 꾸며대며 그녀를 안심시키기 위해 애를 썼다.

우리나라에서 남쪽으로 끌어당기는 힘은 지극히 미약해서 여성일지라도 나의 이야기는 터무니없고 거의 믿을 수 없는 것으로 보일 것이다. 하지만 보통의 여자들에 비해 훨씬 눈치가 빠른 아내는 내가 평소와 달리 흥분해 있다는 것을 알아챘다. 그녀는 그 문제에 대해선 따지지 않았고 단지 내가 병에 걸린 것 같으니 쉬어야 한다고 다그쳤다. 내 방으로 돌아가 차분하게 그동안 벌어졌던 일들을 생각해볼 변명거리가 생긴 것이 반가웠다. 마침내 혼자가 되었을 때 졸음이 몰려왔다. 하지만 눈을 감기 전에 3차원, 특히 사각형의 움직임을 통해 입방체가 만들어지는 과정을 다시 그려보려고 애썼다. 내가 기대했던 것만큼 명확하지는 않았다. 그러나 '북쪽이 아니라 위쪽'이어야 한다는 것을 기억해냈고 이 말을 실마리로서 잊지 않겠다고 결심했다. 만약 이 실마리를 제대로 파악한다면 반드시 해결책으로 이끌어줄 것이라 생각했다. 마치 주문처럼 '북쪽이 아니라 위쪽'이라는 말을 무의식적으로 반복하면서 나는 깊은 잠 속으로 빠져들었다.

선잠에 빠져들며 꿈을 꾸었다. 나는 다시 한 번 구의 곁에 있었고, 그의 밝은 표정으로 보아 나에 대한 분노가 모두 사라졌다는 것을 알 수 있었다. 우리는 밝지만 지극히 작은 점을 향해 이동하고 있었다. 나의 스승은 그것에 주의를 기울이라고 했다. 우리가 다가가고 있을 때, 그곳에서 여러분의 스페이스랜드에서 청파리가 내는 것 같은 윙윙거리는 나직한 소리가 들려온다고 생각했다. 너무나 작게 울려서 우리가 솟아오르고 있던 진공의 완벽한 정적 속에서도 그 소리는 우리의 귀에 들리지 않았지만, 그 작은 점에서 약간 떨어진 곳에서 비행을 멈추자 비로소 들렸다.

"저기를 보아라." 나의 인도자가 말했다. "너는 플랫랜드에 살고 있으면서 라인랜드에 대한 환상을 보았으며, 나와 함께 스페이스랜드의 높은 곳까지 올라갔었다. 자 이제, 부족한 경험을 채우기 위해 너를 존재의 가장 낮은 곳, 차원이 없는 심연인 포인트랜드(Pointland)의 영역으로 안내할 것이다.

"저기 비참한 생명체를 보라. 저 점은 우리처럼 하나의 존재이지만 차원이 없는 심연에 틀어박혀 있다. 그 자신이 바로 자신의 세계이며, 그 자신의 우주다. 그 자신 외의 다른 존재에 대해선 아무런 생각도 할 수 없다. 길이는 물론 너비도 모르고 높이 또한 모른다. 그런 것들을 경험해본 적이 없기 때문이다. 그는 심지어 2라는 수도 모른다. 당연히 그에겐 복수라는 개념도 없다. 그 자신이 하나이면서 모든 것이기 때문에 실제로는 아무것도 아니다. 하지만 그의 완벽한 자기만족에 주목하라. 자기만족은 천박하고 무식해지는 것이며, 무기력하게 맹목적으로 행복해지는 것보다 포부를 갖는 것이 낫다는 교훈을 얻게 될 것이다. 자, 이제 들어보기로 하자."

그가 말을 멈추자 그 웅웅거리던 작은 생명체로부터 작고, 낮으며, 단조롭지만 뚜렷하게 딸랑거리는 소리가 들려왔다. 마치 스페이스랜드의 축음기에서 들리는 것 같은 그 소리에서 나는 이런 말들을 알아들었다.

"존재의 무한한 행복이여! 그것이 존재하며, 그것 외에는 아무도 행복하지 않다."

나는 말했다. "저 자그마한 생명체가 말하는 '그것'은 무엇입니까?"

"자기 자신을 의미하는 것이다." 구체가 말했다. "예전에 자신과 세상을 구별할 수 없는 어린애들과 어린애 같은 사람들이 자신들을 3인칭으로 부른다는 것을 알아차리지 못했느냐? 잠깐, 조용히 해라!"

혼잣말하는 그 자그마한 생명체가 말을 이었다.

"그것은 모든 공간을 채우며, 그것이 채우는 것은 그것이다. 그것이 생각하는 것을 그것이 말한다. 그리고 그것이 말하는 것을 그것이 듣는다. 그것 자체가 철학자, 발언자, 청취자, 생각, 말, 청각이다. 그것은 하나이지만 모든 것들 안의 모든 것이다.

아, 행복한 자여, 아, 존재가 행복한 자여!"

"저 자그마한 것을 놀라게 해 자기만족에서 깨어나도록 할 수 없습니까?" 내가 말했다. "저에게 말씀하셨던 것처럼 실체가 무엇인지 말씀해주시지요. 포인트랜드의 편협한 한계를 드러내 보여주시고, 보다 높은 곳으로 이끌어 주시지요."

"그건 쉬운 일이 아니다." 나의 스승님이 말씀하셨다. "네가 해보도록 해라."

그래서 목소리를 최대한으로 끌어올려, 나는 그 점에게 다음과 같이 말했다.

"조용, 조용히 하라. 이 하찮은 생명체여. 네가 스스로를 모든 것 중의 모든 것이라 하지만 너는 아무것도 아니다. 이른바 너의 우주는 선 속에 있는 단순한 티끌이며, 선은 단순한 그림자일 뿐이어서 비교하자면……"

"쉿, 조용히 하라. 그만하면 충분하다." 구체가 말을 가로막았다. "자 이제 들어보자. 그리고 너의 열변이 포인트랜드의 왕에게 어떤 효과가 있는지 확인해보자."

나의 말을 듣고 나서 더욱 밝게 빛나는 군주의 광채는 자기만족을 그대로 간직하고 있다는 것을 명확히 보여주었다. 내가 말을 멈추자마자 그가 다시 장광설을 이어갔다.

"아, 기쁨이여, 아, 생각의 즐거움이여! 생각으로 그것이 이루지 못할 일이 있을까? 그것 자신의 생각은 그것 자신에게서 오므로, 그것을 헐뜯는 듯한 소리는 그것의 행복을 높여주기 위한 것이다! 달콤한 반란이 일어나지만 승리로 끝나게 되리라! 아, 모든 것을 하나로 갖춘 신성한 창조적인 능력이여! 아, 즐거움이여, 존재의 즐거움이여!"

나의 스승이 말했다. "자, 보라. 너의 말이 얼마나 소용이 없는 것인지. 어쨌든 저 군주가 너의 말을 이해하는 한, 그는 그것을 자신의 말로서 인정한다. ― 그는 자신 외의 다른 것은 전혀 이해할 수 없기 때문이다 ― 그리고 '그것의 생각'의 다양성을 창조적인 능력의 한 가지 예로써 자화자찬한다. 이제 이 포인트랜드의 신을 모든 곳에 존재하며 모든 것을 안다고 믿는 무식한 기쁨으로 남겨두기로 하자. 너와 내가 그를 자기만족에서 구해낼 수 있는 방법은 전혀 없다."

그 후에 우아하게 떠올라 플랫랜드로 돌아왔을 때 나의 동반자는 내가 보았던 환상의 교훈을 강조했다. 그는 부드러운 목소리로 큰뜻을 품어야 한다고 격려하면서 다른 사람들에게도 큰뜻을 품도록 가르치라고 했다. 처음에는 3차원 너머의 차원으로 솟아오르려는 나의 야망에 화가 났지만(그가 고백했다), 그 이후로 새로운 통찰력을 받아들이게 되었고, 자신의 오류를 제자에게 인정하지 못할 정도로 교만하지는 않았다. 그리고 나서 그는 줄곧 내가 목격했던 것들보다 더 높은 차원의 불가사의들 속으로 입문하는 비법을 전해주었다. 그는 내게 입체들의 움직임에 의해 '특별한 입체'를 구성하는 방법과, 특별한 입체들의 이동에 의해 이중의 특별한 입체들을 구성하는 방법을 보여주었다. 모두 '엄격하게 유추에 따라' 너무나도 단순하고, 너무나도 쉬우며, 심지어 여성들도 이용할 수 있는 방법들을 보여주었다.

21

손자에게 3차원 이론을
가르치려 했고 어떤 성과가 있었나

나는 기쁨 속에 잠에서 깨어나, 내 앞에 펼쳐질 영광스러운 일
생에 대해 곰곰이 생각해보기 시작했다. 나는 즉시 출발하여 플
랫랜드 전체에 복음을 전달하게 될 것이라고 생각했다. 여성들과
병사들에게도 3차원의 복음은 전달되어야만 하리라. 나는 아내
부터 시작하기로 했다.

활동계획을 막 결정했을 무렵, 거리에서 조용히 하라고 명령
하는 여러 사람의 목소리가 들려왔다. 잠시 후에는 더욱 커다란
목소리가 이어졌다. 그것은 어느 전령관(傳令官)의 포고문이었다.
주의 깊게 들어보고 나는 그것이 위원회의 결의안이라는 것을 알
게 되었다. 망상에 빠져 다른 세상으로부터 계시를 받은 체하면

서 사람들의 정신을 나쁜 길로 이끄는 자는 누구든 체포하고 감금하거나 처형할 것을 명령하는 내용이었다.

나는 곰곰이 생각했다. 이 위험은 우습게 볼 것이 아니었다. 내가 받은 계시에 대한 모든 언급은 생략하고 실제적인 증명을 밟아 나가는 것이 더 나을 것 같았다. 결국 실제적인 증명은 너무 단순하고 너무 확실한 것으로 보였다. 그러므로 계시를 언급하지 않는다 해도 잃을 것은 전혀 없었다. '북쪽이 아닌 위쪽으로'라는 말이 완전한 증명의 실마리였다. 잠에 빠져들기 전에 이 말은 무척이나 분명한 것처럼 보였다. 처음 눈을 뜨고 꿈에서 막 깨어났을 때, 그것은 산수만큼이나 명확한 것처럼 보였다. 하지만 웬일인지 지금은 그다지 명확하게 보이지는 않는다. 비록 마침 그때 공교롭게도 아내가 방으로 들어왔지만, 나는 일상적인 대화를 몇마디 나누고 난 후에 그녀부터 시작해서는 안 되겠다고 결정했다.

나의 오각형 아들들은 인격과 지위를 갖춘 남자들로 평판도 나쁘지 않은 의사들이었다. 하지만 수학은 그다지 잘하지 못했으며 그런 점에서 나의 목적에는 어울리지 않았다. 하지만 특별한 수학적 재능이 있으며, 어리고 가르치기 쉬운 육각형이라면 가장 알맞은 제자가 될 것이라고 생각했다. 그렇다면 첫 번째 실험은 어리지만 조숙한 나의 손자와 하지 않을 이유는 없지 않을까? 그 아이의 3^3의 의미에 대한 뜻밖의 언급이 구의 동의를 얻지 않았던가? 위원회의 성명서에 대해서는 아무것도 모르기 때문에, 그 문제를 아직은 어린 손자와 논의한다면 아무런 위험도 없을 것이었다. 반면에 내가 진지하게 3차원이라는 선동적인 이단을 주장하고 있다는 것을 알게 된다면, 나의 아들들이 나를 지방장관에게 넘겨버리려고 하지는 않을까에 대해서는 확신할 수 없었다. 아들들의 애국심과 동그라미에 대한 숭배는 단순히 맹목적인 애정을 넘어설 정도로 지나치게 컸기 때문이었다.

하지만 가장 먼저 해야 할 일은 어떻게 해서든 아내의 궁금증을 해소시켜야 하는 것이었다. 그녀는 당연히 동그라미가 그 수수께끼 같은 대화를 나누려 했던 이유와 그가 우리 집으로 들어왔던 방법을 알고 싶어 했다. 내가 그녀에게 공들여 설명했던 세부적인 내용은 기록하지 않을 것이다. 나는 3차원의 세계에 대해 언급하지 않고도 그녀를 조용히 가정의 의무로 돌아가도록 설득하는데 성공했다는 정도만 말하고 싶다. 나의 독자들이 기대하는 것만큼 진실과는 그다지 일치하지 않는 설명이 될 것이 두렵기 때문이다.

그 일이 마무리되고, 나는 즉시 손자를 불렀다. 진실을 고백하자면, 마치 어렴풋이 기억나는 감질나게 만드는 꿈처럼 내가 보고 들었던 모든 것들이 약간 이상한 방식으로 빠져나가는 것을 느꼈기 때문이었다. 그리고 첫 번째 제자를 만드는데 있어, 나의 솜씨를 시험해보고 싶은 마음이 간절했기 때문이기도 했다.

손자가 방으로 들어왔을 때 나는 꼼꼼하게 문단속부터 했다. 그 후 아이의 곁에 앉아 우리의 수학 서판 — 또는 여러분이 선이라 부르는 것 — 을 들면서 어제의 수업을 다시 시작하자고 했다. 나는 다시 한 번 1차원에서 하나의 점이 이동하여 어떻게 선을 만들어내는지, 2차원에서는 하나의 직선이 이동하여 어떻게 사각형을 만들어내는지를 가르쳤다. 그런 다음 나는 억지웃음을 지으며 말했다.

"자, 장난꾸러기야, 이제 동일한 방법으로 하나의 사각형이 '북쪽이 아닌 위쪽으로' 움직여 다른 도형을, 그러니까 네가 3차원에서 어떤 특별한 사각형을 만들어낼 수 있는 것처럼 내게 말했었잖니. 그걸 다시 설명해봐라, 이 장난꾸러기야."

바로 그 때 우리는 다시 한 번 전령관이 거리에서 '주목하시오!

주목!'이라 외치며 위원회의 결정문을 낭독하는 소리를 듣게 되었다. 자기 나이에 비해 매우 똑똑하며 동그라미의 권위를 완벽하게 숭배하면서 자란 나의 손자는 비록 어렸지만 그 상황을 민감하게 받아들였다. 그것은 내가 전혀 준비하지 못했던 일이었다. 아이는 포고령의 마지막 말이 사라질 때까지 침묵을 지키고 있다가 그제야 울음을 터뜨리며 말했다.

"할아버지, 그건 그냥 장난이었을 뿐이에요. 그러니 당연히 아무런 뜻도 없는 말이었어요. 그때는 새로운 법에 대해선 아는 것이 없었어요. 제가 3차원 같은 걸 말했다고 생각하진 않아요. 제가 '북쪽이 아닌 위쪽'에 대해선 한마디도 하지 않았던 것은 분명해요. 할아버지도 아시잖아요, 그건 터무니없는 말이니까요. 어떻게 어떤 것이 북쪽이 아닌 위쪽으로 이동할 수 있겠어요? 북쪽이 아닌 위쪽이라니! 제가 어리기는 해도 그렇게 말할 정도로 멍청할 수는 없잖아요. 그건 정말 멍청한 말이잖아요! 하하하!"

나는 화를 내며 말했다. "전혀 멍청한 말이 아니란다. 자, 예를 들어, 내가 이 사각형을 잡고," ― 그렇게 말하면서 나는 가까운 곳에 놓여 있던 이동 가능한 사각형을 잡았다. ― "이제 내가 이것을 북쪽이 아니라, 그래, 이것을 위쪽으로 움직일 거다. ― 다시 말하자면, 북쪽은 아니지만 어딘가로 움직이는 거지, 정확히 이렇게 하는 건 아니지만, 어쨌든……"

　여기에서 나는 손자를 재미있게 해주려고 그 사각형을 아무렇게나 흔들면서 별다른 의미도 없는 결론으로 마무리했다.

　아이는 그 어느 때보다 크게 웃더니, 내가 가르치고 있는 것이 아니라 분명 농담을 하고 있는 것이라고 했다. 그렇게 말하면서 아이는 문을 열고 밖으로 급히 달려 나갔다. 그렇게 해서 한 명의 제자를 3차원의 복음으로 개종시키려 했던 나의 첫 번째 시도는 끝이 났다.

22

다른 방법으로 3차원 이론을
퍼뜨리려고 했지만
그 결과는 무엇이었나

손자를 상대로 한 실패로 집안의 다른 사람들에게 나의 비밀을 전할 용기를 낼 수는 없었지만 성공을 포기하지는 않았다. 단지 나는 '북쪽이 아닌 위쪽으로'라는 구호에만 전적으로 의지해서는 안 되며 차라리 주제 전체에 대한 명확한 견해를 대중 앞에 실제로 보여줄 방법을 찾아봐야 한다는 것을 알게 되었다. 이런 목적을 위해 글쓰기를 활용할 필요가 있는 것으로 보였다.

그래서 나는 몇 달 동안 숨어서 3차원의 불가사의에 대한 논문을 집필하는데 몰두했다. 다만 법을 빠져나가기 위해 가능하다면 물리적인 차원에 대해선 언급하지 않고 '생각의 나라(Thoughtland)'에 대해서만 언급했다.

생각의 나라에서는 이론적으로 하나의 도형이 플랫랜드를 내려다볼 수 있으며 동시에 모든 사물의 내부를 볼 수 있다. 또한 그곳에는 이를테면 6개의 사각형으로 둘러싸이고 8개의 끝점을 포함하는 도형이 존재하고 있는 것으로 가정했다. 하지만 이 책을 집필하면서 안타깝게도 나의 목적에 필수적인 도형들을 그리는 것이 불가능하다는 것을 알게 되었다. 당연하게도 우리의 플랫랜드에서는 선 외에는 석판이나 도형이 전혀 없으며, 단지 크기와 밝기의 차이로만 구별할 수 있는 하나의 직선이 전부였기 때문이었다. 그래서 논문을 다 작성했을 때 (나는 《플랫랜드를 통해 생각의 나라로》라는 제목을 붙였다) 많은 사람들이 내가 전하고자 하는 의미를 이해할 것인지 확신할 수 없었다.

그 동안 나의 삶은 울적했다. 즐거웠던 일들이 모두 시시해졌다. 눈에 보이는 모든 것들이 감질나고 성에 차지 않아 거리낌 없이 반역을 저지르고 싶어졌다. 내가 2차원에서 보았던 것을 3차원에서 본다면 실제로 어떻게 보일지를 비교할 수밖에 없었고, 그렇게 비교한 것을 분명히 밝히고 싶다는 생각을 억누르기 어려웠기 때문이었다. 한때 목격했던 불가사의한 일들을 골똘히 생각하느라 손님들과 나 자신의 업무를 소홀히 하게 되었다. 나는 그것들을 아무에게도 전할 수도 없었고, 시간이 지날수록 머릿속에서 다시 그려보는 것도 어려워졌다.

스페이스랜드에서 돌아오고 11개월쯤이 되던 어느 날, 나는 눈을 감고 입방체를 그려보려고 시도했지만 그럴 수가 없었다. 비록 나중에는 성공했지만, 당시에는 (그리고 그 후에도) 내가 원래의 모습을 정확하게 구현해낸 것인지도 확신할 수 없었다. 이런 상황이 나를 훨씬 더 우울하게 만들었으며, 어떤 조처를 취해야겠다는 결심을 하게 되었다. 하지만 무엇을 해야 할지는 모르고 있었다. 만약 그것에 대해 확신할 수 있다면 그 대의를 위해 나의 인생을 기꺼이 희생하겠다고 생각했다. 하지만 나의 손자도 확신을 시킬 수 없다면, 과연 이 나라의 최상류층이며 가장 발달된 동그라미들을 어떻게 확신시킬 수 있을 것인가?

하지만 가끔씩 나의 기질을 감당할 수 없었던 나는 위험한 발언들을 터뜨리게 되었다. 나는 이미 반역자는 아니라 해도 이단자로 간주되었고, 내 지위에 닥칠 위험을 예민하게 알아차리고 있었다. 그럼에도 나는 가끔은 최고위층 다각형과 동그라미의 집단 속에서도 의심을 드러내거나 반쯤은 선동적인 발언들을 쏟아내는 것을 억제할 수 없었다.

예를 들어, 사물의 내부를 보는 능력을 받았다고 말하는 미치광이들의 처리 방법에 대한 문제가 제기되었을 때, 나는 예언자와 신의 뜻을 받은 사람들은 언제나 대다수의 사람들로부터 미쳤다고 여겨진다고 단언했던 고대의 어느 동그라미의 말을 인용했다. 나는 시시때때로 '사물의 내부를 식별하는 눈' 그리고 '모든 것을 보는 나라'와 같은 표현들을 무심코 입 밖으로 낼 수밖에 없었고, 심지어 한두 번은 금지된 용어인 '3차원과 4차원'을 은근슬쩍 꺼내기도 했다.

결국 총독의 관저에서 개최되었던 지역 사변철학협회의 모임에서 그렇게 이어지던 나의 경솔한 언행은 마무리되었다. — 일부 지극히 멍청한 인사들이 신의 섭리가 차원의 수를 2로 한정하게 된 이유와 만물을 보는 능력은 왜 절대자에게만 있는가에 대한 정확한 이유들을 상세하게 설명해 놓았다는 문서를 낭독하고 있었다. — 그래서 나는 구와 함께 공간 속으로 떠났다가 우리 대도시의 국회에 왔고, 다시 공간 속으로 갔다가 집으로 돌아왔으며, 내가 현실이거나 환상 속에서 보고 들었던 모든 것에 대한 내 여행의 전체 이야기를 세세하게 말해버릴 만큼 제정신을 잃고 말았다.

사실, 처음에는 어느 가공인물이 상상으로 경험했던 내용을 설명하는 것처럼 꾸몄지만, 얼마 지나지 않아 열정이 지나쳐 모든 가식을 내던져 버리게 되었다. 그리고 마침내는 열변을 토하면서 모든 청중들에게 편견에서 벗어나 3차원을 믿도록 권했던 것이다.

그 즉시 체포되어 위원회에 끌려가게 되었다는 것은 굳이 말할 필요도 없지 않을까?

다음날 아침, 겨우 몇 달 전에 구가 나와 함께 서 있었던 바로 그 자리에 서서 나는 질문 없이 그리고 방해 받지 않고 나의 이야기를 시작하고, 계속해도 좋다는 허락을 받았다. 하지만 처음부터 나는 나의 운명을 미리 알고 있었다. 뾰족한 모서리가 적어도 55도보다 약간 작은 우수한 경찰들이 경호원으로 참석해 있다는 것을 알아차린 의장이 내가 변론을 시작하기 전에 2도나 3도의 하층계급으로 교체할 것을 명령했기 때문이었다. 그것이 어떤 의미인지 너무 잘 알고 있었다. 나는 처형되거나 수감될 것이었으며, 나의 이야기는 그것을 들었던 관리들을 동시에 제거하는 것으로 세상으로부터 비밀로 지켜지게 될 것이었다. 그리고 이런 경우에 의장은 보다 값비싼 희생자들을 저렴한 인원으로 대체하기를 원했던 것이다.

내가 변론을 마친 후에 일부 젊은 동그라미들이 나의 확고한 진지함에 감동을 받았다는 것을 알아차렸는지 의장은 내게 두 가지 질문을 건넸다.

1. 내가 '북쪽이 아닌, 위쪽으로'라는 말을 사용할 때 내가 의도하는 방향을 가리킬 수 있는가?

2. 내가 입방체라고 부르는 도형을 (가상의 변과 각을 열거하기보다) 어떤 도식이나 묘사로 나타낼 수 있을 것인가?

나는 더 이상은 말할 수 없으며, 나 자신은 진실에 따를 수밖에 없고, 결국 이러한 대의는 널리 퍼지게 될 것이 분명하다고 단언했다.

의장은 자신도 나의 생각에 완전히 공감하며, 내가 그보다 더 잘 할 수는 없었을 것이라고 대답했다. 나는 종신형에 처해져야만 하지만 만약 그 진리가 의도하는 것이 내가 감옥에서 빠져나와 세상에 복음을 전하는 것이라면, 진리는 그러한 결과를 실현하게 될 것이다. 그동안 나는 탈출을 막으려는 불필요한 불편함은 겪지 않아도 될 것이다. 그리고 내가 불법행위로 특권을 빼앗기지만 않는다면, 가끔은 나보다 먼저 감옥에 들어와 있던 동생을 만나보도록 허용될 것이다.

7년이 지났고 나는 여전히 죄수이며, 가끔 동생이 찾아오는 것을 제외하곤 간수들 외에는 모든 교유관계는 금지되었다. 나의 동생은 가장 뛰어난 사각형들 중의 한 명으로 올바르고 현명하며 유쾌하고 형제애도 있었다. 하지만 일주일에 한 번씩 갖는 그 면회가 적어도 한 가지 면에서는 견디기 어려운 고통을 겪게 했다는 것은 고백해야겠다. 동생은 구가 위원회 회의실에 나타났을 때 그곳에 있었고, 구의 단면들이 변하는 것을 보았다. 당시에 구가 동그라미들에게 그 현상에 대해 설명하는 것도 들었다.

그 이후로 7년 동안 거의 한 주도 빠짐없이 그때 벌어진 일에서 내가 맡았던 역할을 말해주었고, 스페이스랜드에서 일어나는 모든 현상들에 대한 충분한 설명도 되풀이해서 들려주었으며, 유추로부터 이끌어낼 수 있는 입체들의 존재에 대한 논거들을 설명해주었다. 하지만 — 이것을 고백하는 것이 부끄럽지만 — 나의 동생은 아직도 3차원의 본질을 이해하지 못했으며, 솔직하게 구의 존재를 믿지 않는다고 인정했다.

그러므로 내가 개종시킨 사람은 전혀 없다. 어찌 보면 새천년의 계시가 내게는 아무것도 아닌 일이 되고 말았다. 저 위에 있는 스페이스랜드에서 프로메테우스는 인간들에게 불을 내려주기 위해 쇠사슬에 묶였지만 나는 ― 불쌍한 플랫랜드의 프로메테우스인 ― 여기 감옥에 누워 나의 동포들에게 아무것도 가져다주지 못하고 있다. 하지만 이 회고록이, 잘은 몰라도, 어떤 식으로든 어떤 차원에 있는 인류의 정신에 전달될 것이며, 제한된 차원에 감금되기를 거부하는 반역자의 자손들을 분발시키게 되리라는 희망으로 살고 있다.

이것은 그나마 내가 긍정적인 순간에 품게 되는 희망이다. 슬프게도 언제나 그럴 수 있는 것은 아니다. 솔직히 딱 한번 보았을 뿐이고, 종종 한탄하던 입방체의 정확한 형태를 확신한다고 말할 수 없다는 괴로운 생각이 시시때때로 마음을 무겁게 짓누른다. 한밤중에 나타나는 환상 속에서 그 불가사의한 가르침인 '북쪽이 아닌 위쪽'이라는 말이 영혼을 괴롭히는 스핑크스처럼 나를 따라다닌다.

입방체와 구가 거의 불가능한 존재들이 되어 사라져버리거나, 3차원의 나라가 1차원이나 무차원의 나라만큼이나 가공의 세계로 보이는 때가 있다. 뿐만 아니라 나의 자유를 억압하는 이 단단한 담벼락과 글을 쓰고 있는 이 석판들 그리고 플랫랜드 자체의 실질적인 현실들이 모두 병든 상상력의 소산이거나 근거 없는 꿈이 만들어낸 것에 지나지 않는 것으로 보일 때도 있다. 이렇게 정신적으로 나약해지는 시기가 있다는 것은 내가 진실이라는 대의를 위해 견뎌야 하는 수난의 일부일 것이다.

부록

차원의 세계를 넘나드는
최초의 과학 소설

에드윈 애벗(Edwin A. Abbott1838~ 1926)은 영국의 성공회 신부로서 성서학자이며 뛰어난 교육자로 활동했으며 소설 《플랫랜드(Flatland)》(1884)의 저자로 유명해졌다.

1838년 영국 런던의 메릴본(Marylebone)에서 언어학교 교장이었던 에드윈 애벗(Edwin Abbott 1808~1882)과 제인 애벗(Jane Abbott 1806~1882) 사이에서 장남으로 태어났다.

시티오브 런던 스쿨(City of London School)에서 공부하고 런던 케임브리지 대학의 세인트존스 칼리지에서 서양고전, 수학, 신학을 공부했다. 이곳에서 1861년 최우수상을 받고 졸업했다. 1863년에 영국 성공회의 사제 서품을 받는다.

애벗은 케임브리지 졸업 후 버밍엄의 킹 에드워즈 스쿨에서 잠시 학생을 가르친 다음 1865년(26세)에 자신이 졸업한 시티오브

애벗은 평생 독실한 신학자였다. 그러나 19세기 영국의 빅토리아 시대를 냉철하게 비판한 지식인이었다.

런던 스쿨로 돌아와 교장이 되었다. 이곳에서 미래의 영국 총리, 허버트 애스퀴스(Herbert Henry Asquith 1852~1928)을 길러내는 등 뛰어난 교육자로 활동했다.

또한 교육자로 활동하는 동안 애벗은 여성의 교육에도 상당히 관심이 높았다. 당시 빅토리아 시대의 여성들은 남성들과 달리 공적인 교육을 받을 수 없었다. 대개 집안에서 가정교육을 받거나 가정교사를 통해서 또는 아주 작은 사립학교에 다니는 정도였다. 애벗은 여성들도 남성과 똑같이 교육을 받을 수 있는 학교가 필요하다고 강력하게 주장했으며, 여성 교사를 양성하는 협회에서 활동하기도 했다.

1889년에 은퇴한 이후에는 문학과 신학 연구에 전념했다. 신학자였으나 자연과학과 신앙심에 대해 자유주의적 성향을 가진 애벗은 자신의 교육적 견해를 드러내는 저술활동을 전개했다. 1885년 프랜시스 베이컨(Francis Bacon 1561~1626)의 삶과 작품을 정리했으며, 1870년에 출판한 《셰익스피어 작품의 문법》은 엘리자베스 시대의 영어 문헌학을 체계적으로 연구한 결과물이었다 《플랫랜드》에는 셰익스피어의 작품이 암시된 내용들이 많이 있다.

신학 저술에는 익명으로 출판된 세 개의 종교적 모험담 《필로그리스투스(Philochristus)》(1878), 성 바울 제자의 회고록《오네시모(Onesimus)》(1882), 《기독교인 실라누스(Silanus Christian)》(1908)를 비롯하여 방대한 분량의 《4대 복음서 해설서》가 있다.

그 외에 《알맹이와 껍질》(1886), 믿음에 대한 해독제 《필로미투스(Philomythus)》(1891), 《성공회의 뉴먼 추기경》(1892), 《캔터베리의 성 토마스, 그의 죽음과 기적》(1898), 《요한복음의 어휘(Johannine Vocabulary)》(1905), 《요한복음의 문법(Johannine Grammar)》(1906) 등등을 저술했다.

1897년 익명으로 발표한 《플랫랜드》의 저자임을 공개적으로 인정했다. 그의 저술은 종교에 대한 비판적 견해를 드러내어 영국 신학계에 상당한 파문을 일으켰다. 1919년 2월에 아내가 사망한 후 병석에 있다가 1926년 87살의 나이로 햄스테드 웰시드의 자신의 저택에서 유행성 독감으로 사망한다.

강렬하면서도 논리적인 상상력이 동원된
풍자적 과학소설 《플랫랜드》

　1884년에 발표된 이 소설의 원제는 《플랫랜드_여러 차원들에 대한 이야기(Flatland_A Romance of Many Dimensions)》이다. 플랫랜드, 즉 모든 것이 평면인 2차원의 나라에서 이야기가 시작된다. 수학적 상상력을 동원하여 2차원, 3차원, 4차원 세계의 신비를 소설 형식으로 풀어냈다. 이 소설이 발표된 1884년은 아인슈타인의 특수 상대성 이론(1905)이나 일반 상대성 원리(1916)의 개념이 정리되기 전이다. 따라서 차원의 세계를 다룬 저자의 상상력은 엄청나게 놀라운 것이었다. 그래서 이 소설은 '수학 소설'이라고 부를 수 있지만, 오히려 공상과학 소설로 분류되어 1950년대부터 유행하기 시작한 SF의 효시가 되었다고 말하기도 한다.

　영국 빅토리아 시대의 지식인이며 종교학자였던 에드윈 애벗은 자신의 본명 대신 '정사각형(A Square)'이라는 가명으로 이 소설을 발표했다. 당시 학자들 사이에는 사회에 대한 비판적 시각을 드러내기 위해 필명으로 책을 출판하는 경우가 종종 있었다.

《플랫랜드》는 기하학 개념을 사회제도에 대응시키는 독특한 발상으로, 18~19세기 영국의 사회 모순, 즉 교회의 권위와 사회 지배계급의 특권을 은유적으로 비판한다.

에드윈 애벗은 평생 동안 교육과 성서에 관련된 여러 권의 연구서를 발표했다. 그러나 필명으로 발표한 《플랫랜드》는 출간되자마자 주목을 받아 그의 이름을 유명하게 만들어준 소설이다.

《플랫랜드》의 구성에 대하여

19세기에 출간된 이후 130여년이 지난 지금까지도 꾸준히 소설, 영화, 애니메이션, TV 드라마, 다큐멘터리, 뮤지컬, 컴퓨터 게임 등등의 여러 장르에 등장하며 상상력의 원천이 되고 있다. 뿐만 아니라, 미국의 명문 대학에서는 신입생들이 반드시 읽어야 할 교양서로 추천되고 있다.

SF계의 거장 아이작 아시모프(Issac Asimov 1920 ~)는 《플랫랜드》의 미국판 서문에 다음과 같이 평했다.

"《플랫랜드》는 100년 전에 익명으로 출간되었다. 근엄하고 진

1884년에 출간된
《플랫랜드(Flatland)》 표지

지한 셰익스피어 연구자인 애벗이 재미삼아 집필한 책이었다. 풍부한 상상력과 빠르게 전개되는 낯선 사회에 대한 풍자적 묘사로 인기를 얻게 되었으며, 그 인기는 전혀 식지 않고 있다.

오늘날, 필시 차원들을 이해하는 방법을 발견할 수 있는 최고의 입문서일 것이다. 포인트랜드(0차원) 라인랜드(1차원), 플랫랜드(2차원)의 주민들이 자신들의 우주에 만족하게 되는 방식을 쉽게 이해하게 된다. ……

한마디로, 《플랫랜드》는 기하학을 재치있고 재미있게 다룰 뿐만 아니라 우주와 우리 자신들에 대해 더욱 깊게 생각해보도록 이끌어주는 연구논문이기도 하다."

제1부 : 플랫랜드

제목에서 의미하듯 플랫랜드는 평평한(flat) 2차원의 세계이다. 소설의 시작은 주인공 '정사각형'이 자신이 살고 있는 평면 세계가 어떤 곳인지를 설명한다. 가장 먼저 소개되는 것은 이곳에 살고 있는 기하학적 도형들이다. 직선과 삼각형, 사각형, 오각형, 원 등등의 도형들이 이곳 세상에서 어떻게 살아가는 지를 보여준다. 도형에 의해 남성 또는 여성, 어린이, 노인으로 구별되며, 사회 계급적 신분도 결정되는 곳이다. 2차원의 세계인 이곳에서는 서로의 모습이 직선으로만 보인다.

남성은 넓이를 갖고 있는 평면 도형인 반면에 여성은 선분 즉, 넓이가 없으며 양 끝점만 있는 바늘과 같은 직선이다. 여성에 대한 이야기가 흥미로운데, 양끝이 날카로운 선분은 다른 도형과 부딪힐 경우 다칠 수 있으므로 여성의 행동 지침은 법으로 정해져 있다.

따라서 모든 집의 구조도 구별되어 여성들의 전용 출입구는 따로 있다. 또한 걸어 다닐 때 자신의 존재가 드러나도록 '평화의 소리'를 내야 한다. 여행을 할 때는 아들이나 하인들 중의 한 명 또는 남편이 동반해야 하며 종교행사 기간 외에는 집에만 머물도록 제한했다. 이 법을 위반하면 사형에 처해진다. 여성들은 판단력이나 기억력이 거의 없는 가장 열등한 존재로 묘사된다.

한편 넓이를 갖고 있는 평면도형이 남성이다. 도형의 모양에 따라 신분과 직업 등등이 구별된다. 이등변삼각형은 하층계급에 속하며, 정삼각형은 중간 계급 그리고 정사각형이나 정오각형은 전문직이다. 귀족은 정육각형 이상의 정다각형이다. 즉 신분이 높을수록 변의 수가 많다는 것을 알 수 있다.

군인이나 노동자는 두 변의 길이가 약 11인치쯤 되는 이등변삼각형인데 밑변의 길이가 아주 짧아서 매우 날카롭고 무서운 꼭짓점이 있다. 중산층계급은 정삼각형이다. 전문가와 신사계급은 정사각형 혹은 오각형이다.

한편 귀족계급은 육각형을 시작으로 변의 수가 많을수록 명예로운 지위를 부여받는다. 변의 수가 너무 많아지면 변의 길이가 점점 짧아져 동그라미와 비슷해진다. 동그라미는 성직자계급으로 가장 높은 계급이다. 이들은 플랫랜드의 모든 체제의 중심축이며, 지배자이며, 주민들의 운명을 결정하는 존경과 숭배의 대상이다.

플랫랜드에서의 자연법칙은 아들이 아버지보다 하나의 변을 더 갖고 태어난다. 즉 한 세대가 지날수록 귀족의 등급이 한 단계씩 높아진다. 그러나 상인과 노동자, 군인에게는 드물게 적용될 뿐이다.

이곳 2차원의 평면 세상에서는 파괴적인 계급적 차별이 존재하고, 여성에 대한 편견이 눈에 띄게 드러나며, 모든 사회적 특권을 성직자들이 독점하고 있음을 알 수 있다.

제2부 : 다른 세상들

제2부에서는 제1부의 사각형이 환상을 통해 또 다른 신비한 차원의 세계를 여행한다. 꿈속에서 그는 1차원 세상인 라인랜드(lineland)를 가게 된다.

라인랜드, 즉 선의 세계인 이곳은 남성과 여성, 어린이와 사물들이 모두 하나의 점으로만 보인다. 오직 목소리만으로 다른 사람을 구별할 수 있다. 직선만이 우주이며, 그 직선 외에 다른 존재에 대해서는 전혀 개념이 없는 곳이다. 사각형은 그곳의 왕에게 플랫랜드에 대해 이해시키려 시도해 보지만 실패한다. 그리고 꿈에서 깨어난다.

주인공인 사각형은 자기 나라의 연대, 1999년의 마지막 날이면서 새로운 천년이 시작되는 날, 어떤 이방인을 만나게 된다. 그이방인은 자신을 구(球)라고 소개하며, 자신을 수많은 원으로 만들어져 있다고 소개한다. 이방인은 입방체를 설명할 때 많은 도형들이 '위쪽'을 향해 평행으로 이동하여 쌓여 만들어지는 것이라고 말한다.

그리고 마침내 사각형은 그의 안내를 받고 3차원의 세계 스페이스랜드(Spaceland)를 경험한다. 무한히 계속되는 높이와 넓이의 세계가 공간이라는 사실, 그리고 3차원 공간에서도 사각형이 살고 있는 평면의 세계를 내려다보는 사람이 있다는 것에 놀란다.

구는 3차원의 입체를 플랫랜드에서 온 사각형에게 이해시키려고 온갖 시도를 한다. 그리고 마침내 사각형은 '6개의 평평한 면과 입체각이라는 8개의 끝점을 지니고 있는 것이 입방체'라는 사실을 깨닫게 되며, 평면의 세계 외에 또 다른 신비한 세계가 존재한다는 것을 알게 된다.

이후 사각형은 계속해서 더 높은 차원, 4차원과 그 이상의 세계까지를 갈망하지만 구의 대답은 자신도 4차원의 세계는 모른다고 답한다. 그리고 구가 제시하는 것은 가장 낮은 차원의 영역인 0차원 포인트랜드(Pointland)의 영역도 둘러보아야 한다는 것이었다.

플랫랜드로 돌아온 사각형은 주민들에게 자신의 경험을 설명하며 '신비로운 사실들에 대해 배운 것'을 전하려 했다. 사실 그 일은 위험하고 쉽지 않은 일이 될 것을 예감한다. '2차원에서 보이는 모든 것들이 3차원에서는 실제로 어떻게 보이는지'를 논증해 보이려고 했으나 결국 성직자와 지식인들을 설득하지 못한다. 평면의 세계에서 '높이'라는 것을 증명해 보이려는 그의 주장은 위험하고 선동적인 발언으로 여겨져 즉시 구금되어 원에 의해 재판을 받는다. 결국 사각형은 불온한 사상을 전파한다는 이유로 종신형을 선고받는다.

빅토리아 시대 영국은 상위 계급의 사람들이 우월하며 그들이 존중받는 것을 당연한 권리로 인정하는 관습이 지배적이었다. 《플랫랜드》의 주인공은 눈에 보이는 것만이 진리가 아니라는 자신의 신념을 주장하지만 거부당한다. 사각형은 마치 플라톤이 말한 '동굴의 비유'에서처럼 자신도 미친 사람으로 취급될 것이라고 예감한다.

플라톤은 자신의 저서 《국가론》(BC 300년경)에서 묶여 있는 상태로 전 생애를 동굴에서 벽만 바라보며 보내야만 하는 사람들을 묘사했다. 그들 뒤에는 모닥불이 타오르고 있으며 모닥불 뒤쪽의 동굴 바깥쪽에서는 사람들이 온갖 물건들을 들고 다닌다. 이때 동굴 안의 사람들은 불빛에 의해 비춰지는 바깥사람들의 그림자만 보며 평생을 지내야 하는 것이다.

이때 어떤 사람이 자유의 몸으로 풀려나 동굴 밖으로 나가 그곳 세상을 보게 되면 처음에는 자신이 본 것에 대해 혼란과 공포에 사로잡히게 되지만,(플랫랜드의 주인공 사각형도, 스페이스랜

플라톤의 동굴의 비유를 묘사한 삽화

드를 경험할 때 똑같은 상황에 빠진다) 실재의 세계는 동굴 안에
서 생각했던 것과는 완전히 다르다는 사실을 깨닫게 된다.

그는 다시 동굴로 돌아와 자신이 목격한 것을 동굴 안의 사람
들에게 설명하지만 그들을 설득할 수 없다. 그들은 그의 말을 믿
지 않고 그를 미친 사람으로 취급할 뿐이다.

플라톤이 '동굴의 비유'를 통해 말하고자 한 것은, 진정한 실재
의 형상은 우리 눈에 비치는 세상 너머에 존재하는 것이므로 바
깥 세계의 진정한 실재인 '이데아'를 직관할 수 있어야 한다는 것
이었다. 눈에 보이는 물질세계를 떠난 영역은 시간과 공간을 초
월한 곳에 있을지도 모른다는 것을 지적한 것이다.

《플랫랜드》에서도 주인공 정사각형은 플랫랜드를 벗어나 다른 차원의 세계를 여행했다. 점의 나라인 포인트랜드, 직선의 나라인 라인랜드, 3차원 공간의 나라인 스페이스랜드까지, 그리고 더 나아가 고차원 세계도 존재할 수 있다고 생각하게 된 것이다. 그렇지만 정작 플랫랜드에 돌아와 다른 차원의 세상에 대해 말하지만 아무도 그의 이야기를 진실로 받아들이지 못한다.

이 소설을 통해 저자가 말하고 싶었던 것은, 우리가 살고 있는 이 세계가 진리의 모든 것이라는 생각을 버리고 새로운 사실을 받아들일 수 있을 때, 전혀 경험하지 못한 새로운 세상을 발견할 수 있다는 것이다.

《플랫랜드》가 공상소설이면서 풍자문학으로 평가받는 것은, 도형으로 구별되는 계급사회, 높은 계급일수록 매끈하고 변이 많으며 낮은 계급일수록 각이 작으며, 직선으로 표현되는 여성에 대한 차별과 편견, 새로운 종교를 따르는 세력으로 암시되는 색채혁명이 일어나자 무자비하게 진압하는 것 등등의 은유적 묘사를 통해 저자가 살고 있던 빅토리아 여왕 시대의 사회적 모순을 암시하고 있기 때문이다.

《플랫랜드》가 발표되던 시기의 대영제국,
빛과 어둠이 공존하던 시대

유럽사에서 19세기는 영국의 시대라 해도 과언이 아니다. 산업혁명으로 물질적인 부가 극대화되었으며, 막강한 해군력으로 세계 곳곳에 가장 많은 식민지를 확보했던 최대의 제국주의 국가였다. 이 시기를 흔히 빅토리아 여왕(Queen Victoria 1819~1901: 윌리엄 4세를 이어 1837년 영국의 여왕으로 등극했다. 앨버트 공과 결혼했으며, 왕실의 통치체제를 정비하고 영국의 군주제를 개혁하여 국민들의 신뢰를 받는 계기를 마련했다.)의 시대라고 한다. 1837년부터 1901년까지 빅토리아 여왕이 통치하던 64년의 치세 기간이다. 이 기간 동안 영국은 '해가 지지 않는 나라'라고 불리며 역사상 가장 화려한 전성기를 누렸다.

산업혁명이라는 경제적 산업구조의 변화로 산업 자본주의를 발전시켰으며, 정치적으로는 선거법 개정을 통해 의회 민주주의

64년 동안 영국을 통치한 빅토리아 여왕.

제도를 정착시켜 가고 있었다. 그러나 한편으로는 자본의 불평등과 계급사회의 구조적 모순과 같은 급격한 사회적 변동으로 빛과 어둠이 공존하는 시대였다. 급격한 도시화로 인해 농촌 사회는 약화되었으며, 도시로 몰려든 노동자계급은 가난과 결핍, 노동착취, 비참한 생활환경으로 고통받아야 했다.

따라서 사회적, 정치적 개혁에 대한 압박, 여성문제 등에 대한 진보적 시각들이 전면적으로 부상되었다. 다윈의《진화론》은 전통적인 종교관에 대한 인식의 변화를 가져왔으며, 찰스 디킨스의 소설은 영국 사회의 빈곤과 부조리에 대한 고발이었으며 제인 오스틴, 브론테 자매 등의 여성 작가들은 글쓰기를 통해 영국의 가부장적 사회의 성적 편견을 호소하여 많은 사람들의 공감과 지지를 받았다.

또한 자본가와 노동자의 불평등한 관계에 의혹을 제기한 마르크스와 엥겔스의 《공산당 선언》, 인간에게 최선의 이익을 추구해야 한다는 '공리주의' 사상이 사회제도의 변화를 선도하기 시작했다.

종교적 신앙심을 뒤흔든, 다윈의 《진화론》

찰스 다윈(Charse Darwin 1809~1882)는 영국의 박물학자이며, 생물학자, 지질학자였다. 1809년 영국에서 의사의 아들로 태어났으며 1825년 애딘버러 대학에서 의학을 공부했다. 그러나 자신이 수술을 싫어한다는 것을 알게 되었다. 오히려 동식물 관찰에 흥미가 많았기 때문에 의학공부를 중단했다.

1828년 케임브리지 대학으로 옮겨 신학을 배우며 영국국교회의 목회자가 되려고 했으나, 식물학 교수 존 스티븐스 헨슬로(John Stevens Henslow 1796~1861)와 만나 친한 친구가 되었으며 그의 제자가 되었다. 다윈은 자신의 연구에 가장 큰 영향을 준 사람으로 헨슬로를 꼽는다.

1831년 헨슬로의 권고로 해군 측량선 비글호에 박물학자로 승

젊은 시절의 찰스 다윈

선하여 갈라파고스 제도를 비롯한 남아메리카, 남태평양의 여러 섬과 오스트레일리아 등지를 탐사했다. 다윈은 이 항해에서 《진화론》의 기초가 되는 다양한 종의 식물과 동물의 관계를 경험하고 관찰하게 된다.

여러 생물 종들의 멸종과 생존의 요인들을 연구하며, 분포구역에 따라 그리고 습성과 섭취하는 영양물에 따라 생존의 조건이 다양해진다는 것을 낱낱이 기록했다.

5년간의 탐사 후 1836년 귀국한 그는 1839년 《비글호 항해기》의 출판으로 진화론의 기초를 확립했다. 그는 비글호의 항해에 대해 '내 인생에서 가장 중요한 사건이었으며, 내 인생 행로를 모두 결정해 버렸다.'라고 말했다.

1842년 건강상의 문제로 켄트 주에 은거하며 1856년 논문 집필을 시작했다. 마침내 1858년 런던의 린네학회에 A. R. 월리스

(Alfred Russel Wallace 1823~1913: 영국의 지리학자, 탐험가. 생존경쟁에 가장 적합한 것의 생존을 통해 새로운 종이 발달한다는 다윈과 거의 같은 연구를 하고 있었다.)와 동시에 생물진화론과 자연도태설에 대한 이론을 발표했다. 1859년 이 논문이 책으로 발표된 것이 《종의 기원》이다.

다윈의 《종의 기원》

다윈의 《종의 기원(On The Orign of Species)_자연선택에 의한 종의 기원 또는 생명을 위해 투쟁에서 선호하는 인종의 보존》은 '생물의 진화론'에 대한 강력한 증거를 제시하고 있다. 이것은 코페르니쿠스의 지동설만큼이나 세상을 놀라게 했다. 당시의 세계관에서 인간은 신의 창조물이었다. 즉 지구상의 모든 생물체는 신의 뜻에 의해 창조되고 지배되는 것이다. 창조론자들은 태초에 하나님이 천지를 창조했다고 믿었고 다양한 생명 현상들을 창조주의 섭리로 설명하였다.

그러나 다윈의 주장은 생명의 비밀이 태초의 섭리나 법칙에 좌우되지 않는다는 것이었다. 그 무엇에 의해서도 예정되어 있지 않은 무수한 과정들이 '자연선택' '적자생존'에 의해 진행된다고 주장한 것이다.

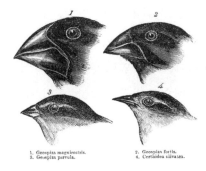

갈라파고스 제도에서 관찰한 다윈의 핀치새. 다윈은 핀치새의 부리가 여러 형태인 것은 어떤 종의 생물이 살아남기 위해 자신의 환경 조건에 맞게 변이한다고 생각했다.

1. Geospiza magnirostris.
3. Geospiza parvula.
2. Geospiza fortis.
4. Certhidea olivacea.

　그에 의하면 어떤 형태의 생물이 오랜 세월 동안 환경에 맞추어 서서히 모습이 변해간다는 것이다. 즉 지구상의 모든 생물들은 생존투쟁을 거쳐 유리한 형질을 지닌 개체가 살아남고 나머지는 도태된다는 것이다. 그 중에서 '인간은 원숭이로부터 진화되었다'고 직접적으로 말한 것은 아니지만, 인간의 진화과정에 대해서도 그의 의견은 확실했기 때문에 당시 유럽 사회에, 특히 종교계에 큰 충격을 주었다.

　결과적으로 진화론은 빅토리아 시대의 종교적, 도덕적 세계관을 무너뜨렸다. 19세기 후반 빅토리아인들은 '과학 대 종교'라는 정신적 갈등 위에서 보내야만 했다.

찰스 디킨스, 빅토리아 시대 영국사회의
악습과 편견을 고발하다

찰스 디킨스(Charles Dickens 1812~1870)는 빅토리아 시대에 활동한 영국을 대표하는 소설가이다. 영국 남부 포츠머스에서 하급 관리의 아들로 태어났다. 빚을 지고 감옥에 간 아버지 때문에 12살 때부터 런던의 공장에서 견습공으로 10시간 이상 노동을 했다. 런던의 대도시 이면에 존재했던 어둠의 세계에 대한 직접적인 경험이 훗날 그의 소설의 소재가 되었다.

15살부터 변호사 사무실 직원, 법원의 속기사를 전전했으며 1832년 20세에 신문사 기자가 되었다. 런던의 삶에 대한 글을 발표하기 시작했으며, 이후 30여 년 동안 사회 비판적 성격이 짙은 여러 편의 소설을 발표하여 당대 가장 유명한 소설가로 이름을 날렸다.

디킨스의 이름을 유명하게 만든 첫 번째 작품은 희곡 소설《픽윅 보고서》이다. 가난한 삶에 대한 깊은 동정과 사회의 편견과

찰스 디킨스와 산업혁명 이후 검은 매연으로 가득찬 영국의 대도시.

악습에 비판을 가하고, 당시 사회에서 일어나는 실제의 사건들을
이야기 형식으로 묘사했다.

　이후 그의 소설은 초기의 넘치는 풍자는 약해졌으나, 다채로
운 구성력과 사회적 비판의 강도가 강해진 작품들이 나왔다. 《위
대한 유산》《데이비드 코퍼필드》《올리버 트위스트》등은 19세기
영국 사회를 감상적 휴머니즘의 색채로 가장 밀도 있게 재현해
내 찬사를 받았다.

　1837년에 발표된 《올리버 트위스트》는 고아 소년이 런던 슬럼
가의 소매치기 일당들에게 고통을 당하는 이야기이다. 1834년에
시행된 '신빈민구제법'의 모순과 아동노동, 아동범죄자의 양산 등
을 비판하며 영국 산업 혁명기의 노동자들의 비참한 삶과 고아원

의 참상을 고발한다.

《데이비드 코퍼필드》(1849)는 19세기 중기 영국 중산층 가족을 배경으로 한 풍속소설이다. 다양한 인물들을 독창적으로 그려낸 탁월한 소설로, 주인공이 겪는 가난과 고통의 비참함은 찰스 디킨스의 직접적인 경험을 토대로 하고 있어 자전적 성향이 강한 작품이다.

최대 다수의 최대 행복을 위한 철학
공리주의

19세기 초 제러미 벤담, 제임스 밀, 존 스튜어트 밀 등의 급진적 철학 사상가들을 중심으로 전개된 사회사상이다.

공리주의 이론을 발전시킨 사람은 제러미 벤담(Jeremy Bentham 1748~1832)이다. 영국의 사회개혁가이며 정치철학자였다. 런던의 하우즈 디치에서 태어났다. 변호사 공부를 했으나 법조계에 진출하지는 않았다. 그의 주요 관심사는 법률 이론이었다. 법과 도덕 그리고 정치의 근본을 철학적으로 통찰하는 길을 선택한 것이다.

벤담은 에피쿠로스 학파(고대 그리스 철학. 쾌락과 행복이 최고의 선이라고 주장했다)처럼 인간들은 그들이 욕망하는 방향을 지향하며, 두려움(고통)을 회피한다고 믿었다. 이러한 원리원칙을 사회에 적용시켜 '공리주의'라 불리는 체계를 발전시켰다. 그는 '완전한 법체계(Pannomion)'라 일컬었던 공리주의 원칙에 입각한 법체계를 수립하고자 한 것이다.

벤담에게 있어 도덕의 단순한 원리는 '쾌락을 극대화하고 고통을 최소화하는 것'이면 무엇이든지 한다는 것이다. 또한 그 쾌락은 본질적으로 양적인 것 즉 '최대 다수의 최대 행복'이어야 한다고 밝혔다.

'쾌락은 유일한 선이며, 고통은 유일한 악'이었기 때문에 양적인 면에서 쾌락을 가장 많이 제공하는 것은 무엇이든지, 소수의 사람에게 고통을 가져다 줄지언정 올바른 행위에 속한다. 행위나 지배로부터 발생하는 고통과 행복을 순고통과 순행복으로 수치화하는 알고리즘인 '행복계산법'을 개발하면서 고통과 쾌락을 수치화하려는 노력도 서슴지 않았다.

벤담에게 있어서 도덕 질서는 다양한 이익들이 평형을 이룰 때 생겨난다고 믿었으며 공리의 원리만이 도덕과 입법의 기준을 제공할 수 있으며, 사회과학의 기초를 놓을 수 있다고 주장했다.

벤담 주위에는 차츰 그의 공리주의를 추종하는 세력들이 형성

제러미 벤담과 그의 사상을 충실하게 이어받은 존 스튜어트 밀.

되었으며 1832년 84세의 나이로 사망하는 그해에 그의 지지자들은 정치적 세력을 형성하여 보통선거를 위한 의회개혁 운동을 전개시켜 제1차 선거법 개정안의 통과에 큰 영향을 끼쳤다.

(*영국의 선거법 개정안: 산업혁명을 계기로 도시로 인구가 집중되면서 선거구의 인구분포에 문제가 생겨 주민이 한 명인 선거구가 존재하기도 했다. 의회개혁운동이 확산되면서 이러한 비현실적인 선거구 개정과 함께 참정권을 요구하는 중류계급 이상에게 선거권이 부여되는 제1차 선거법 개정안(1832년)이 통과되었다. 이후 2차~5차에 걸쳐 선거원이 확대되어 영국의 자유주의 체제가 자리잡게 되었다. 1918년 제4차 개혁법이 사실상 성인 남녀의 보통선거원을 확립하고 일부 여성, 즉 30세 이상의 여성에게 선거권을 부여했다.)

벤담 사후 그의 공리주의는 그의 제자였던 존 스튜어트 밀(John Stuart Mill 1806~1873)에 의해 윤리와 정치적 측면에서 한 단계 더 발전된다. 존 스튜어트 밀은 벤담의 열렬한 추종자였다. 그것은 아버지 제임스 밀(James Mill 1773~1836)의 영향 때문이었다.

제임스 밀은 벤담의 철학에 깊이 공감했던 영국의 지식인이었으며 경제학자 리카도(David Ricardo 1772~1823: 아담 스미스를 잇는 고전경제학자. 상품가치를 결정하는 것은 노동량이라고 주장했다)와도 친밀하게 교류했다. 어려서부터 아버지 제임스 밀의 교육 아래 성장한 스튜어트 밀은 공리주의의 유용한 원리 즉, '최대의 행복'이라는 벤담의 표준을 적용하면 사회개혁을 이룰 수 있다고 믿었다.

밀은 자신의 저서 《공리주의》(1863년)에서 인간의 행복을 쾌락의 양으로만 측정하려 한다는 결함을 비판하며 '배부른 돼지가 되기보다는 배고픈 인간이 되는 편이 낫고, 만족해하는 바보가 되기보다 불만족스러운 소크라테스가 되는 것이 낫다'는 유명한 말로써 정신적 가치와 쾌락의 질을 중시했다.

이로써 공리주의는 쾌락의 양을 주장한 벤담의 '양적 공리주의'와 쾌락의 질적 차이를 주장하는 밀의 '질적 공리주의'로 구별된다.

밀은 개인의 쾌락을 중시하지만 이것이 사회적 공익과 대척점에 있게 되었을 때 이것을 법률로 규정할 것을 제안하며 벤담의 공리주의를 수정했다. 즉 사회적 공리를 증대시키기 위해서는 정부의 간섭과 분배를 위한 입법, 즉 노동입법, 단결권 보호 등을 통한 사회개혁을 주장했다.

　19세기 영국 사회의 구조적 모순을 개혁하고자 했던 '공리주의 사상'은 다수결의 원리를 지향하는 정치적 민주주의와 개인의 사유재산 보호를 위한 경제적 자유주의를 지지했으나, 궁극적으로는 점진적인 분배의 평등을 강조하는 합리주의 사상을 고취시켜 복지사상의 발전에 영향을 끼쳤다.

　한편 존 스트워트 밀은 공리주의 외에도 19세기의 영국 사회를 통찰한 몇 가지 기념비적인 저서를 출간한 것으로도 유명하다. 국가에 대해 개인의 정신적 자유의 권리를 역설한 《자유론(On Liberty)》(1859)과 1869년에 발표된 《여성의 종속(The Subjection of Women)》은 영국 여성 해방 사상의 기념비적 문헌이다.

새로운 세상을 꿈꾼 위대한 선언,
공산당 선언

18세기 후반 영국에서 시작된 산업혁명은 도시마다 공장을 세워 매연과 검은 연기로 가득 채웠으나 그로 인해 최대의 물질적 이득을 소유하게 된 자본가계급이 생겨났으며, 그들에 의해 착취당하며 실업과 빈곤, 장시간 노동으로 최악의 생활을 하게 된 노동자계급을 만들었다.

19세기 중엽 유럽 여러 나라의 노동자 계급 사이에서 그동안 억압되어 있던 불만이 터져 나오기 시작했다. 그들 사이에 연대감이 생겨나고 선동과 총파업으로 자신들의 주장을 내세우고 세력을 과시하려 했다. 이 무렵 지나치게 잔혹한 이 자본주의 체제를 끝내야 한다는 혁명적 사상이 나타났다. 1848년 마르크스(Karl Marx 1818~1883)와 엥겔스(Fredrich Engels 1820~1895)에 의해 작성된 《공산당 선언(Manifest der Kommunistischen Partei)》이다.

칼 마르크스와 프리드리히 엥겔스

이 선언은 19세기 영국을 비롯한 유럽 사회의 경제적 질서에 의문을 제기하며 공산주의라는 새로운 사상의 이론과 실천 강령을 제안한 최초의 문헌이었다. 유럽 사회를 휩쓸고 있는 자본주의가 이 세계를 어떻게 변화시킬 것인지를 예견한 가장 탁월한 문헌이었기 때문에 지금까지도 가장 중요하고 영향력 있는 정치 경제 이론서로 손꼽힌다.

마르크스는 프로이센(지금의 독일) 트리어에서 태어났다. 조상이 유대인이었으며 그의 가족들은 루터파 기독교로 개종했다. 대학에서 헤겔 철학을 공부했으며 《라인신문》의 편집에 참여하며 저널리스트로 급진개혁 성향의 글들을 투고했다. 그러나 정부 당국에 의해 신문발행이 금지되자 마르크스는 1843년 프랑스로 망명해 사회주의를 학습했다. 이때 영국 맨체스터의 면방직 공장 책임자였던 엥겔스를 만났다.

엥겔스는 프로이센 라인 주의 바르멘에서 방적공장을 하는 보수적인 부르주아 집안에서 태어났다. 젊은 시절부터 역사, 철학, 문학을 공부하며 사회의 개혁에 관심이 많았다. 1842년 22살에 아버지가 경영하는 영국 맨체스터의 공장의 책임자로 있으면서 산업자본주의의 실상을 목격하게 된다.

맨체스터는 곡물법 반대 동맹의 진원지였으며 차티스트(노동자 계급이 주도한 세계 최초의 정치 운동. 1836~1848년까지 계속되었다. 노동자들의 정치 참여를 제한하는 선거법을 개정할 것을 요구했으며, 노동자들이 자신들의 생활 조건을 개선하고 사회적 지위를 높이려면 적극적으로 정치에 참여해야 한다고 주장했다.)를 비롯한 사회주의 운동가들의 활동이 강한 지역이었다. 엥겔스는 영국의 열악한 노동조건을 면밀히 조사하여 고발하는 《영국 노동자계급의 상태》를 저술했다. 그리고 머지않아 노동자들의 봉기가 있을 것이라고 예언했다.

엥겔스와 마르크스는 서로의 글을 읽으며 두 사람의 정치경제적 혁명에 대한 이념이 비슷하다는 것을 알게 되었다. 1884년부터 두 사람은 파리에서 공동생활을 했으며 엥겔스는 가난한 마르크스의 가족을 후원했다.

자본가계급과 노동자 사이의 적대적 분열을 끝내고 노동자계급을 지배계급으로 끌어올리기 위해 혁명이 필요하다는 생각에 동의한 두 사람은 노동자계급(프롤레타리아) 정당을 위한 공산주의 동맹을 조직하고, 그 동맹을 위한 강령을 공동으로 집필하기 시작했다. 1848년 1월에 최종 문안을 작성했으며, 2월에 완성된 《공산당 선언》이 런던에서 독일어로 출판되었다. 이후 영어, 프랑스어, 러시아어로 번역되어 각국에 소개되었다.

《공산당 선언》에서 마르크스와 엥겔스는 이 세계의 역사를 자본가와 노동자의 투쟁으로 바라보았다. 자본주의에 대해 '종교적, 정치적 환상으로 가려져 있던 착취를, 적나라하고 파렴치하며 직접적이고 잔인한 착취로 대체했을 뿐이다'라고 말하며, 변혁을 통한 새로운 정치경제적 질서로 계급이 없는 미래의 사회를 건설하는 것을 이상으로 주장한다.

자본주의의 모순과 변화 과정을 예리하게 분석하여, 자본주의가 사회주의로 이행하게 되고, 자본주의의 문제점이 해결되면서 이상적인 사회로 나아갈 수 있다고 희망했다. 그러나 이 과정은 저절로 이루어지는 것이 아니기 때문에 노동자들의 혁명을 통해서 해결할 수 있다고 주장한다. 따라서 자본가계급에 대항하여 일련의 행동을 권장하는 '공산주의자 동맹'의 이론과 실천 강령이 선언의 내용이다.

'노동자들이여 단결하라!' '노동자 계급이 잃을 것은 쇠사슬뿐이요, 얻을 것은 전 세계다' 등의 격렬한 슬로건으로 공산주의 노동자 국가를 수립할 것을 촉구한다.

마르크스와 엥겔스는 자본주의가 가장 발전한 영국에서 혁명이 일어날 것을 예측했으나 영국을 제외한 유럽 곳곳에서 일어났다. 그러나 혁명은 성공하지는 못했으며, 특히 영국은 정치적 변화는 있었으나 노동자들의 혁명은 일어나지 않았다.

그러나 《공산당 선언》은 제2차 세계대전 이후, 20세기에 이르러 인류의 역사에 큰 영향을 미쳤다. 러시아의 레닌, 중국의 마오쩌둥, 쿠바의 카스트로 같은 혁명가에게는 더 나은 세상을 꿈꾸게 했다. 또한 동유럽과 남미 등에서 사회주의 운동의 기초가 되었다. 그러나 이 선언의 일부만을 차용해 공산주의, 사회주의 국가를 이끌었던 이들의 역사도 역시 실패로 끝났다.

다만 선언의 내용과 정신은 현재까지 이어져 노동자의 권리를 찾기 위한 활동과 분배의 불평등을 개선하려는 움직임으로 바뀌며 자본주의의 모순을 해결하려는 과제를 남겨 주었다.

빅토리아 시대의 여성작가
브론테 자매와 제인 오스틴

　18세기부터 영국에서 등장한 노동자계급은 여성들이 일자리를 구하는 것을 억제했다. 농촌을 떠나 도시로 유입된 노동 인구들이 너무 많았기 때문에 여성에게까지 돌아올 일자리는 많지 않았다. 아주 빈곤층 여성들을 제외하고 상류층과 중산층 여성들은 자본의 세계로부터 차단되었다.

　집안 형편이 어려운 경우가 아니라면 여성이 돈을 버는 행위는 '품위'를 상실한 것이었다. 상류층 여성들은 그저 나태한 일상을 무료하게 보내며 품위를 유지해야 했다. 그리고 교양이라는 이름에 어울리는 외국어 배우기, 피아노, 꽃꽂이, 그림을 배우거나 자선 행위를 하는 것 외에는 사교 파티에 참석했다.

　이러한 여성들의 삶에 의문을 제기하는 여성작가들이 등장했는데, 영국의 브론테 자매가 대표적이었다. 여성으로 글쓰기에 도전한 브론테 자매는 목사였던 아버지의 변변치 않은 경제 사정 때문이기도 했지만, 당시의 상류층, 중산층 여성들의 삶에 비해 너무나 혹독한 환경에서 자라야 했다. 그러나 여성작가에 대한 편견 역시 강했기 때문에 필명을 써야 하는 시기였다.

브론테 자매(Bronte sisters)는 1840년대에서 1850년대까지 작가로 활동한 영국 요크셔 출신의 세 자매, 샬롯, 에밀리, 앤 브론테를 말한다.

세 자매는 아일랜드 출신으로 영국 북부 요크셔의 작은 도시인 하워스에서 성공회 사제로 목회를 하고 있는 아버지(패트릭 브론테)에게서 양육되었다. 어머니와 언니, 동생 등이 일찍 죽고 세자매만 남겨졌다. 아버지는 아이들을 기숙학교에 보냈다. 그러나기숙학교의 숨 막힐 듯한 규율은 이들 자매를 괴롭혀 적응하지 못했다. 당시 기숙학교의 생활상은 후일 샬롯 브론테의 소설《제인 에어》에 생생하게 묘사된다.

샬롯 브론테(Charlotte Bronte 1816~1855)는 세 자매 중 장녀로 독학으로 글쓰기를 공부했다. 1842년 브뤼셀로 유학을 가서 교사수업을 받았다. 그리고 고향으로 돌아와 3년간 교사생활을 했다. 가족들이 가난과 병으로 죽어나가는 어두운 환경에서 동생들과 함께 문학에 전념했다. 필명으로는 커러 벨(Currer Bell)을 사용했으며, 1847년《제인 에어》를 출간하자마자 호평을 받았다. 뒤이어《셜리》(1849)《빌레트》(1853) 등을 발표했다.

1854년 아버지의 대리 목사인 벨 니콜스와 결혼했으나 다음해에 폐렴에 걸려 사망한다.

에밀리 브론테(Emily Jane Bronte 1818~1848)는 언니의 소설《제인 에어》가 크게 성공을 거두자 엘리스 벨(Ellis Bell)이란 필명으로 비극적인 사랑을 그린《폭풍의 언덕》(1847년)을 썼다. 에밀리는 언니 샬롯과 동생 앤과 함께 시집을 출판하기도 했다.

에밀리는 시인으로 뛰어난 재능이 있었으나 시집은 거의 팔리지 않았으므로 소설에 매진했다. 그러나 그녀의 작품은 평단으로부터 비윤리적이란 비판을 받았으며 그녀 역시 30세의 젊은 나이에 폐렴으로 쓰러져 세상을 떠났다. 그러나 20세기에 이르러 그의 소설은 재평가되었다.《제인 에어》와 함께 19세기 영국문학의 고전으로 자리잡았다.

브론테 자매의 소설에 등장하는 당시의 여성들은 숙녀로서의 교양을 갖추지만 경제적으로는 거의 무능한 인간이 되어 간다. 그리고 재산이 많은 남편을 맞이하는 것이 최상의 삶으로 묘사된다. 당시 가난하고 가문이 변변치 않은 여성이 할 수 있는 유일하고 무난한 직업은 가정교사였을 뿐이었다.

《제인 에어》에는 폭압적이고 위선적인 종교에 의해 운영되는 기숙학교의 현실, 가정교사라는 직업이 귀족계급에 의해 철저하게 무시당하며 군인계급조차 천박한 인간들로 모욕당한다. 주인

브론테 자매_앤, 에밀리, 샬롯.

공 제인 에어는 자신이 가르치는 아이에게 '영국이 세상에서 가장 강력하고 거대한 나라'라고 가르친다. 그러나 다음 세상에서는 남성으로 태어나 자유롭기를 갈망한다.

19세기 말까지 여성들에게는 사업 또는 전문직에 종사할 능력이 없다고 여겨졌다.(《플랫랜드》에서도 여성들은 거의 무능한 것으로 묘사된다.) 소녀들을 위한 사설학교는 대부분은 엄격히 제한된 목적에 따라서 운영되어 그저 '적절하고 공손한 태도를 갖춘 여성'이 되도록 교육했다.

따라서 제인 오스틴(Jane Austen 1775~1817)의 작품 《오만과 편견》의 주인공처럼 관습에 의한 결혼이 아니라, 마음의 능력을 발휘하겠다고 주장하는 의지가 강한 여자들은 불쾌하고 염려스러운 존재였다.

제인 오스틴은 브론테 자매보다 조금 더 이른 시기에 영국에서는 드물게 여성 소설가로 활동했다. 영국 햄프셔의 작은 마을에서 목사의 집안에서 태어났다. 오빠들은 옥스퍼드에서 교육을 받았으나 여성인 그녀는 정규 교육은 11살 정도까지 받고 나머지는 독서교육과 가정학습을 통해 문학을 접했다.

《오만과 편견》은 출판사에서 몇 번의 거절을 당한 작품이었으나 1813년에 출간되었다. 이것 역시 익명으로 발표되었다. 처음에는 호응이 별로 없었으나 18~19세기 영국 중, 상류층 여성들의 삶을 섬세하게 포착해 냈다는 평가와 함께 그녀에게 작가로서의 확고한 명성을 가져다주었다.

영국 사회의 신분과 계급제도를 둘러싼 남녀의 사랑과 결혼을 다루고 있는데, 인물에 대한 섬세한 묘사와 비판적 시각으로 당시 사회를 지배하고 있던 심리적, 제도적 세태를 풍자했다.

빅토리아 시대에 드물게 등장한 영국의 여성 소설가들은 '교양'의 세계가 얼마나 비인간적이며 여성에게는 굴욕적인가를 드러내며, 빅토리아 시대의 가정적 미덕이 비현실적인 신화라는 비

제인 오스틴

판적 시각을 보여줌으로써 폭넓은 공감을 이끌어냈다.

이들의 작품 속에는 '거대한 영국의 모습'은 보이지 않는다. 황량하고 거센 폭풍 같은 바람이 집어삼킬 듯 몰아치는 계곡과 벌판으로 가득하다. 소설 곳곳에는 지금의 바이러스처럼 감기, 폐렴이 가장 무서운 병으로 묘사된다. 실제로 브론테 자매는 폐렴으로 이른 나이에 세상을 떠난다. 제인 오스틴도 림프종으로 고생하다가 41세의 나이로 삶을 마감했다.